尹 洁 董小倩 著

汗青有韵

古诗词里的历史

广州新华出版发行集团
广州出版社

图书在版编目（CIP）数据

汗青有韵：古诗词里的历史 / 尹洁，董小倩著 . — 广州：广州出版社，
2022.6

ISBN 978-7-5462-3465-6

Ⅰ . ①汗… Ⅱ . ①尹… ②董… Ⅲ . ①古典诗歌—诗歌欣赏—中国—青少
年读物②中国历史—古代史—青少年读物 Ⅳ . ① I207.2-49 ② K220.9

中国版本图书馆 CIP 数据核字（2022）第 091837 号

书　　名　**汗青有韵：古诗词里的历史**
　　　　　　Hanqing Youyun：Gushici li de Lishi
著　　者　尹　洁　董小倩
出版发行　广州出版社
　　　　　　（地址：广州市天河区天润路 87 号广建大厦 9、10 楼
　　　　　　邮政编码：510635　网址：www.gzcbs.com.cn）
责任编辑　司丽丽
策划编辑　何　旻
责任校对　韦　玮
印刷单位　三河市祥达印刷包装有限公司
　　　　　　（地址：三河市杨庄镇杨庄村　邮政编码：065200）
规　　格　700 mm×1000 mm
开　　本　1/16
印　　张　15.5
字　　数　228 千
版　　次　2022 年 6 月第 1 版
印　　次　2022 年 6 月第 1 次
书　　号　ISBN 978-7-5462-3465-6
定　　价　68.00 元

发行专线：（020）38903520　38903521
如发现印装质量问题，影响阅读，请与承印厂联系调换

鲁迅先生在评论《史记》时道："史家之绝唱，无韵之离骚。"太史公以文学的笔法为历史的传述披上一层锦衣。"文"与"史"之间本就有切不断、分不开的内在联系，纵使是言志之诗、传情之词，又何尝不是一部有韵的"汗青"呢？

"断竹，续竹，飞土，逐宍"，简短质朴的歌谣打开时光的隧道，为我们寻回一帧古老的狩猎剪影。"天生我材必有用，千金散尽还复来"，既是大写的"人"的价值宣言，更是喷薄而出的豪迈气概。"感时花溅泪，恨别鸟惊心"，盛世落幕之时，一株野花、一声鸟啼都浸满了忧悲，朝代的盛衰转折从一个历史锚点变成了一幅苍凉怵目的画卷。"旧时王谢堂前燕，飞入寻常百姓家"，光阴流转，掠过世家门前的簇簇车马，掠过百姓檐下的翩翩飞燕，一条小巷将兴败的故事娓娓道来。"商女不知亡国恨，隔江犹唱《后庭花》""人生自古谁无死，留取丹心照汗青"，同样面对生死与存亡，不同的诗人吟出的却是不一样的人生之悟、家国之感、历史之镜。

一首诗仅有方寸大小，一阕词不过寥寥数行，文人们或叙事，或怀古，或咏物，或抒情，用感性的韵律将人生的体悟吟咏为一首首传唱千古的历史歌谣。读诗词，人们首先得到的是审美享受：心之精微、情之真挚、诗之工巧、词之别样。在反复的吟诵中，潜藏在诗词内蕴中的精神、价值观或生活方式渐次浮现，同此哀乐，古今共赏，传承不息。而那些历经千年流传至今，适应当下又超越时代的精神信仰、价值追求、生活意旨，不也正是历史带给人们的世间况味与人文思考吗？

"人生代代无穷已，江月年年望相似"，同一条江，同一弯月，在文人与史家的笔下可能迥然有异，在不同的诗词作者笔下也不尽相同。我们无法还原诗词中的历史真相，也不必去刻意追寻其中的细枝末节。我们只需要顺着那些或平易或晦涩的韵句，自然而然地进入一个故事，感受一种人生，体味一段往事。翻开书页，漫漫岁月化成灰尘簌簌扑落，闪出点点光芒，原本已铸定的历史被后人雕镂上一重重陌生且独特的解读。因为有诗词，因为有读者，历史永不会归于沉寂，往事总会以不同的方式被述说……

目录

第一章　封邦建国

002　嫦娥应悔偷灵药：从神话到历史

011　长歌怀采薇：从立政到亡国

017　自古驱民在信诚：从苛政到仁治

第二章　王朝兴衰

026　千古兴亡多少事：纷争与统一

032　忆昔开元全盛日：盛隆与衰敝

041　衔木到终古：对抗与融合

第三章　羁旅战争

050　干戈戚扬，爰方启行：兵器的变革之路

058　不破楼兰终不还：遥远的边关战争

067　犹是春闺梦里人：战争中的女性群像

第四章　治国有常

076　宠辱在朝暮：官僚制度与皇权专制

083　可怜列国奔驰苦：行政区划与封建割据

089　一日看尽长安花：臣官与儒林

第五章　安居乐业

100　锄禾日当午：民务稼穑

107　昼出耘田夜绩麻：织梭光景

115　弃业宁为贩宝翁：行商坐贾

第六章 　文化菁华

126　腹有诗书气自华：儒家的进取之心

133　松高白鹤眠：道家的自在清趣

142　姑苏城外寒山寺：佛家的因缘世界

第七章 　王侯将相

152　隔江犹唱后庭花：宫廷里的多情风月

159　旧时王谢堂前燕：世家贵族的清雅与固守

166　将军夜引弓：英雄的赞歌与悲歌

第八章 　风流人物

174　采菊东篱下：隐士的高洁人生

182　皓腕凝霜雪：文人的白首相许

189　事了拂衣去：侠客的快意江湖

第九章 　哲思理趣

198　半亩方塘一鉴开：自然物趣

206　沉舟侧畔千帆过：人生感遇

213　一壶浊酒喜相逢：古今哲思

第十章 　风土人情

222　洗手作羹汤：结婚生子的"仪式感"

229　多情自古伤离别：离愁别恨的"艺术感"

236　寒食东风御柳斜：节庆时令的"趣味感"

第一章

封邦建国

人从哪里来？什么时候有了天与地、山与河？洪水、瘟疫为什么会出现在人间？在追问之中，人们发现自己的双手无法创造出自然万物，于是将非凡的能力都赋给"神"。"盘古一笑鸿蒙开，神马负图从天来"（林光朝《徐广文生朝》），传说中的盘古开天辟地，创造出人类赖以生存的世界；"馀迹寄邓林，功竟在身后"（陶渊明《读山海经十三首·其九》），故事中的夸父想将光明永留世间，因而与日逐走，他死后，躯体化作了山河日月、风云雨露。

　　"尽识蘵无毒，明知堇有灾。安知尝试者，百死百生来。"（刘克庄《杂咏一百首·神农》）在后来的故事中，神农氏尝百草，树艺五谷；嫘祖教民养蚕缫丝，缝制衣物。上古的部落逐渐从采集渔猎走向刀耕火种的农耕文明。大禹平息水患，统一各个部族，建立夏朝。禹的儿子启继承王位，正式打开了"家天下"的大门。"武王载斾，有虔秉钺。"（佚名《商颂·长发》）周武王带着人民的期许推翻商纣王的统治，建国之后分封四方，开创出又一个全新的世界。"秦王扫六合，虎视何雄哉。"（李白《古风·秦王扫六合》）秦王嬴政结束春秋末年的割据混战，建立起中国历史上首个大一统国家。从此，君王的一举一动都牵动着国家的命运，无论是苛政抑或仁治，都是君主和皇权主宰着人民的生存。

　　从上古神仙到部族首领，从女娲、伏羲到"炎黄尧舜禹"，从母系氏族到父系氏族，从夏、商、周到秦汉纷争、盛唐统一，历史逐渐从虚幻的神话传说走向有迹可循的历史现实。

雷神的战车隆隆驶过，三足金乌飞上扶桑树梢后，人间布满光明，清冷皎洁的月光中隐隐约约映着嫦娥的影子。在科学未到达的地方，神仙成了诸多谜题的答案，凝聚了先民最浪漫的想象和向往，也成为诗人笔下的常见意象。

李凭箜篌引

［唐］李贺

吴丝蜀桐张高秋，空山凝云颓不流。

江娥啼竹素女愁，李凭中国弹箜篌。

昆山玉碎凤凰叫，芙蓉泣露香兰笑。

十二门前融冷光，二十三丝动紫皇。

女娲炼石补天处，石破天惊逗秋雨。

梦入神山教神妪，老鱼跳波瘦蛟舞。

吴质不眠倚桂树，露脚斜飞湿寒兔。

李凭是唐代著名的箜篌乐师，经常出入宫廷演奏乐曲，在当时的王公贵族之间拥有许多粉丝。大诗人李贺听后也赞叹不已，写下了这首充满奇幻色彩的《李凭箜篌引》。

"此曲只应天上有，人间能得几回闻。"（杜甫《赠花卿》）我们常用"仙乐"来赞美乐声的悠扬，李贺也在诗中引用了诸多脍炙人口的神话传说，将随风吹散的箜篌声描摹成可感的画面，使其穿越千年的时光来到我们面前。

顺着这惊天地泣鬼神的演奏，我们进入了一个神奇的幻境：李凭的箜篌声从人间传到天上，山间的流云也听得入了迷，停滞在空中；乐声如昆仑山上的美玉碎裂时的声响一般清脆，又如凤凰鸣叫一般悦耳动听；曲子时而欢快时而哀伤，连芙蓉、香兰都动了情，随之哭泣欢笑；箜篌声融在秋月的寒光中笼罩着长安城，连皇帝听了也动容不已。

女娲炼化的五色石能够修补青天，拯救氏族平息灾难，但在李贺的笔下却不及箜篌之音的冲击力。补天处的五色石被激扬高亢的乐声所震，石破天惊，秋雨霶霈。音乐的强大魅力与奇异斑斓的景象瞬间完美融合。

月宫里，吴刚被天帝惩罚去砍伐桂树，昼夜不歇。乐声婉转动人，传到清寒的月宫里，伐桂树的吴刚为此所吸引，停下了斧头，倚在桂树旁，陶醉在乐声里。原应陪伴在嫦娥身侧的玉兔也在此妙音中沉醉，静立在月桂之下，任凭露水打湿衣裳。

在“诗鬼”李贺的笔下，奇峭的想象伴以瑰丽的辞藻，为一个个神话勾画出一帧帧美妙奇幻之景。而世界上那些本就超出人世存在的美好的事物，那许多难以在人间找到出口的幽秘的情感，在浪漫的神话中也找到了绝佳的寄托，成为诗词中永恒的印记。

嫦娥

[唐] 李商隐

云母屏风烛影深，长河渐落晓星沉。

嫦娥应悔偷灵药，碧海青天夜夜心。

李贺诗中的吴刚、玉兔为人间的音乐动了心，李商隐诗中的嫦娥也日夜怀念着往事前尘。长夜寂寂，屏风上烛影摇曳，银河、星辰也在长久的凝望之下渐渐暗淡。即便能容颜永驻又如何呢？灵药换来了长寿，生命却永远归于孤寂。

嫦娥的孤寂又何尝不是诗人的孤寂。李商隐身处官场，一生都陷在“牛李党争”之中，困顿不得志。李商隐早年受到令狐楚的赏识，在其资助之下考中进士。令狐楚死后，李商隐投到河阳节度使王茂元门下，还娶了王茂元的女儿为妻。然而，令狐楚属牛党，李茂元属李党，无论哪个党派当权，李

［清］蒋溥《月中桂兔图》局部

商隐都成了被排挤打压的对象，一身才华终无用武之地。诗人爱惜自己的羽毛，不屑于结党营私，但这份清高也使他变得无比孤独。

王国维先生在《人间词话》中曾言："以我观物，故物我皆著我之色彩。"嫦娥的孤独与悔恨沾染了诗人的情怨，而诗人却也多了几分嫦娥的无奈与悲哀。

传说天帝生下了十个儿子，他们都是三足金乌，飞到天上光芒万丈，就是人间看到的太阳。东海之滨生长着一棵高大的扶桑树，十只金乌每日轮流站在树梢为人类带来光明。有一天，金乌们厌倦了这种生活，便一齐飞离扶桑树梢，天空骤然升起十个太阳，土地被烤裂，草木庄稼都枯死了，百姓也无法生存。

那时尧帝在位，见此景象焦心不已，他遍访贤能，终于找到一位叫羿的神射手，尧帝请羿弯弓射下九个太阳，天地间顿时恢复清凉。羿射下九只金乌后，西王母念其除害有功，赠予他一枚不死药，人吃后便能飞升成仙、长生不死。羿不忍离开他的妻子嫦娥独自成仙，便将此药交给他的妻子嫦娥保管。

　　羿有一位弟子名叫逄蒙，他为人狡诈贪婪，知晓此事后便趁羿出门时威逼嫦娥交出不死药。嫦娥无奈之下吞吃了仙药，飘飞上天，在月宫中居住了下来。羿十分想念妻子，便摆上她爱吃的食物，遥遥望月寄托相思。嫦娥奔月的这一天是农历八月十五，后来被称为中秋节，人们在这一天吃月饼、赏月的习俗也是发端于此。

　　无论是女娲补天，还是后羿射日、嫦娥奔月，这些神话故事多是无迹可追的虚幻想象，那它们为何能成为历史的底色呢？这是因为，在文字尚未出现之时，历史以神话传说的形式开始沉淀，凝结着先民对自身、对自然的认知与思考，原始社会的痕迹也保存在口耳相传的传说里。

　　农耕社会里洪涝、干旱无疑是毁灭性的灾难。女娲拯救苍生的方式正是当时人类治水手段的神化；旱灾来临时，人类无能为力，便渴望有后羿一般的英雄来逐退烈日。

西汉马王堆汉墓一号墓出土的铭旌帛画
（太阳金乌部分）

从盘古、女娲到炎黄、后羿，传说中的首领英雄们褪去神的外衣，变成了神在人间的后裔。他们接过神的使命，护佑苍生的安危，也教会了人类生存之道，带领子民在广阔的天地间谋求衣食。从采集渔猎走向耕织自足，人类依靠劳动创造生活所需，逐渐摆脱颠沛流离的生活，过上安居乐业的日子。这些英雄成了人类的先祖，始终活在后世文人的诗词当中。

论诗绝句三十首（其四）

［金］元好问

一语天然万古新，豪华落尽见真淳。

南窗白日羲皇上①，未害渊明是晋人。

元好问是宋金时期的文学大家，被尊为"北方文雄"，他爱写诗也爱读诗，曾效仿杜甫"以诗论诗"，写下三十首绝句来评述历代诗人诗作，其中第四首讨论的是陶渊明的诗歌风格。陶渊明是东晋著名的隐士诗人，其诗以自然天成、情真味永著称。在陶渊明生活的时代，由于战乱频繁、官场腐败，很多人选择隐居避世。因此，在陶渊明笔下，田园山林就成了一方难得的宁静之地。他十分向往上古时期日出而作、日落而息的淳朴生活，曾自诩是"羲皇上人"。令陶渊明如此崇敬的"羲皇"究竟是谁呢？诗中所说的上古时代真的如陶渊明想象的那般淳朴自然吗？

伏羲是华夏民族的始祖之一，与女娲、神农同列三皇②，他为人类的生存和发展做出了巨大贡献，被后人奉为"羲皇"。

据说随着地上的人类越来越多，男女婚配就成了一件大事，氏族内部通婚也带来了遗传问题。伏羲见状，便创建出男聘女嫁的婚配制度，让族外通

---

① 《陶渊明集》卷七《与子俨等疏》曰："少学琴书，偶爱闲静，开卷有得，便欣然忘食。见树木交荫，时鸟变声，亦复欢然有喜。常言：'五六月中，北窗下卧，遇凉风暂至，自谓是羲皇上人。'"

② 《风俗通义·卷一》引《春秋运斗枢》："伏羲、女娲、神农是三皇也。"

婚取代了族内血缘通婚，改变了当时只知其母不知其父的群婚状态。伏羲还创制了八卦，发明出文字来取代结绳记事的方式；从蜘蛛结网中得到启发，教民作网渔猎；饲养动物作为食物和祭祀用品，故此伏羲也被称为"庖牺"。后人为纪念伏羲为人类的生存和发展做出的巨大贡献，故将其奉为"羲皇"。

伏羲生活的时代是蛮荒的、落后的，倘若把千年之后的陶渊明带回到这个时代，他一定会大吃一惊，他所向往的田园之乐尚未出现，人民以渔猎采集为生，还过着衣不蔽体、居无定所的生活，直到出现了一位伟大的人间英雄——神农氏。

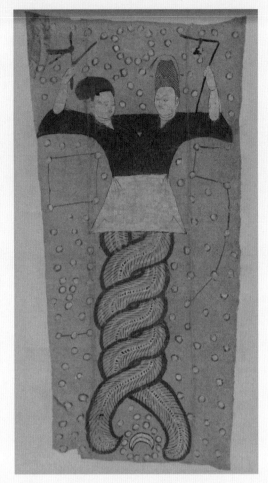

［唐］佚名《伏羲女娲像》

神农氏是姜姓部落的首领。在口耳相传的故事中，神农氏尝百草以医病患，树艺五谷以饱民腹，制琴乐以怡性情，合部族以长安宁。他以自己的号召力、影响力和行动力带领子民在广阔的天地间谋求生存，使人民摆脱颠沛流离的生活，过上安居乐业的日子。

此时的上古部落正逐渐从采集渔猎的生存方式发展为农耕文明。相对稳定安逸的定居生活带来的是部落族群的迅速壮大，而刀耕火种这一原始耕作方式对土地的盘剥，更加剧了人与地的矛盾。向外拓土是解决这一矛盾的根本途径。在为土地而战的神圣使命驱使下，有的部族走向兴盛，有的部族趋于灭亡，也有的兼并重组成为一个新的氏族。"炎黄"就属于那个最伟大的结盟下诞生的最优秀的族群，最终成为中华民族的人文初祖。"炎黄子孙"自然也就成为世界上数量最多、赓续最长的子孙。

黄帝赞

［东汉］曹植

少典之孙，神明圣哲。

土德承火，赤帝是灭。

服牛乘马，衣裳是制。

氏云名官，功冠五帝。

黄帝去世后，帝位依次传给了颛顼、帝喾、尧、舜，后世将他们追尊为"五帝"。三皇五帝对中华民族产生了深刻的影响，他们不仅奠定了中华民族的初始性格，其活动领域也成为中华文明的发源地。被我们称之为"母亲河"的黄河，就是其中之一。

黄河，以她温柔的怀抱接纳先民，以肥沃的水土滋养着庄稼，一个个部落散布在她的身侧，人类的文明随着细浪蜿蜒流向远方。她温柔，但也有力量，李白诗中数次写到黄河的雄浑与壮阔：

"君不见黄河之水天上来，奔流到海不复回。"（《将进酒》）

"黄河落天走东海，万里写入胸怀间。"（《赠裴十四》）

"黄河万里触山动，盘涡毂转秦地雷。"（《西岳云台歌送丹丘子》）

黄河哺育着千千万万的子民，也锻炼着他们的心性和意志。"黄河西来决昆仑，咆哮万里触龙门"，在《公无渡河》中，我们看到了她的沧茫与气势，也看到了她带来的灾难，更看到了先民们抵抗洪水的智慧与努力。

［清］谢遂《仿唐人大禹治水图》（禹观测地形部分）

公无渡河（节选）

[唐] 李白

黄河西来决昆仑，咆哮万里触龙门。

波滔天，尧咨嗟。

大禹理百川，儿啼不窥家。

杀湍湮洪水，九州始蚕麻。

尧舜时期黄河泛滥，面对滔天的波浪，禹的父亲鲧奉命治理洪水，保卫家园。鲧采用"堵"的方式筑堤坝、塞缺口，九年之后仍未有成效。鲧死后，他的儿子禹承继治水之业。《史记·夏本纪》载，禹治水"居外十三年，过家门不敢入"。禹吸取了其父治水的教训，不再采取局部堵塞之法，而是将华夏土地作为整体治理，因势利导开辟水道，同时清除河中淤塞，使水流得以顺畅入海。在禹的治理下，水患终于平息，九州大地也显露出新的面貌，桑麻的种子再次生长于黄河之边。

正因禹治水有功，世人把他敬为神人，尊为"大禹""神禹"，与天地齐名，谓之"天大、地大、禹大"。禹继位后，建立了中国历史上第一个有据可考的奴隶制国家——夏朝，开启家天下的历史。

在奇幻的神话传说中，我们看到漫长的原始社会从群居生活走向氏族，先民敬畏自然又渴望征服自然，他们重视创造和劳动，害怕天灾渴望安宁，他们创造出许许多多神的故事和英雄的传说，让这些神和英雄来消除灾祸保护人民。其实，神是人间英雄的化身，英雄的背后站着无数的人民。诗人不断续写着英雄的墓志铭，历史则一直铭记着能够载舟覆舟的人民。

行路难（其一）

[唐] 李白

金樽清酒斗十千，玉盘珍羞直万钱。

停杯投箸不能食，拔剑四顾心茫然。

欲渡黄河冰塞川，将登太行雪满山。

闲来垂钓碧溪上，忽复乘舟梦日边。

行路难，行路难，多歧路，今安在。

长风破浪会有时，直挂云帆济沧海。

李白以洒脱不羁出名，这首诗却呈现出浓浓的愁绪。面前摆着昂贵的美酒佳肴，身旁坐着时常一起吟诗饮酒的朋友。若在平日，定是"烹羊宰牛且为乐，会须一饮三百杯"（《将进酒》），而此时，诗人却无心品尝。停杯、投箸、拔剑、四顾，四个动作，将诗人的苦闷抑郁之情刻画得淋漓尽致，呼之欲出。究竟是何事让"诗仙"如此落寞呢？

天宝元年（742年），李白奉唐玄宗的诏令来到京城长安，本以为步上了锦绣之路，没想到竟是明珠蒙尘。李白在朝中受到权臣宦官的诋毁排挤，始终未被玄宗重用，两年后被"赐金放还"。李白心怀宏图而来，憾携失望而归，京中的好友设宴为他饯行。宴席之上，众人皆为李白的才华不展而愤愤不平，李白难掩心中抑郁，把箸击盘写下了这首千古佳作《行路难》。想要渡黄河时遇见寒冰阻道，转身想要攀登太行却见大雪覆压满山，仕途更比行路艰难。

能写出"天生我材必有用，千金散尽还复来"的诗人必然不会被轻易打倒，李白的怅然并未持续多时，商周时期的两位名臣再次鼓舞了他。姜尚九十岁才遇见文王，伊尹出身奴隶终能官拜为相。即使行路艰难又如何，一时迷茫无措又如何，有一天他定能乘风破浪、横渡人生沧海。

商代开国元勋伊尹出身奴隶，他的父亲是有莘国的一位厨师，母亲因擅长养蚕缫丝而被选作宫里的蚕妇。然而，暗无天日的政治，民生凋敝的现状，激起了伊尹兴邦安民之志。他虽耕于有莘国之野，但却乐于尧舜之道。作为厨师之子，他不仅继承了父亲高超的烹调技术，而且以善研治国施政的方略而远近闻名。

伊尹受聘于商汤之前，曾梦见自己乘着小舟从日月旁边经过，这也是"乘舟梦日"的由来。时任夏之方国——商国的君主汤求贤若渴，听闻伊尹有治国安邦的才能，三番五次以玉、帛、马、皮为礼，前往有莘国，想请伊尹来辅佐自己。可是有莘国的国君并不允许伊尹脱离奴籍，汤转而求娶有莘国的公主为妃，让伊尹以陪嫁奴隶的身份来到商国。

在伊尹的辅佐之下，商汤在鸣条之战中彻底战胜了夏桀，建立起中国历史上第二个奴隶制王朝——商。伊尹因其道德、学问、经济、事功俱全，拜为"尹"（相当于后世的丞相）。商汤去世以后，伊尹受其嘱托，先后辅佐了商朝的五位国君，辅政五十余年，为商朝兴盛富强立下了汗马功劳。

在伊尹去世之后，商朝的统治也开始走下坡路。商朝最后一位国君叫辛，是一位与夏桀齐名的暴君，史称"纣王"。就在这一时期，身怀治世才能的姜太公在渭水河畔遇到了当时的西伯姬昌。姬昌本就是贤明善治的君主，在姜太公的辅佐下，周国的实力更是日益壮大。伊尹辅佐汤灭掉了夏桀，姜太公辅佐姬昌的儿子武王姬发灭掉了纣王。

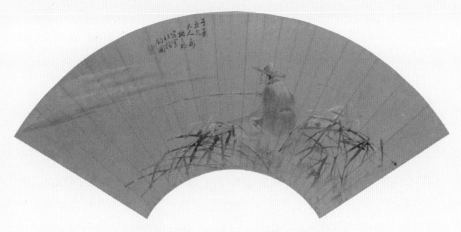

［清］胡锡珪《寒江独钓图》扇页

姜太公原名姜尚，字子牙，因先祖受封于吕地又称吕尚。姜尚钓鱼之法不同于常人，他在短鱼竿之上拴长线，线端系着竹制的直钩，不用鱼饵，也不将鱼钩沉入水中，钓鱼之时自言自语："姜尚钓鱼，愿者上钩。"

周王姬昌听说以后颇为好奇，便前往渭水边观看，与之攀谈后大喜，认为姜尚是治国理政的人才，拜他为太师，并称姜尚为"太公望"，后世称之为"姜太公"。姜太公入姬昌麾下后屡出奇计，帮助姬昌征服了崇国、密须和犬夷等国。姬昌死前曾叮嘱自己的儿子姬发，一定要扫平祸乱，创造出一个安宁的盛世。姬发时刻铭记父亲的遗志，在姜太公的辅佐下勤政爱民，丝毫不敢懈怠。

此时的纣王还不知亡国的丧钟已经敲响，放肆地享受做国君的快乐。纣王的昏庸暴虐令人民怨声不止，反抗斗争此起彼伏。经牧野之战，殷商被周所取代。

李白借姜太公"愿者上钩"和伊尹"乘舟梦日"的典故，来寄托自己的政治理想，期待有一天能像他们一样被贤君任用，辅佐君王成就一番大业。现实虽失意，未来却可期，前路多歧阻，沧海济有时。

姬发因伐纣克商的功绩被后世追称为"周武王"，灭商建周是众望所归，但伯夷、叔齐却对姬发"以暴制暴"的方式颇感憎恶，甚至不惜以身殉道。后有诗人称颂其德行，作诗追忆之。

野望

[唐] 王绩

东皋薄暮望，徙倚欲何依。

树树皆秋色，山山唯落晖。

牧人驱犊返，猎马带禽归。

相顾无相识，长歌怀采薇。

王绩生于隋朝，早慧好学，时人称之为"神童仙子"。隋末举孝廉，授秘书正字。由隋入唐后，他自认为不能置身台辅，渐失经世之心。《野望》一诗正是他辞官隐居东皋后所作，诗中援引伯夷、叔齐采薇而食的故事，表露自己在现实中孤独无依，欲与古代隐士神交的心迹。

据《史记》载，伯夷、叔齐是孤竹君的儿子。孤竹君最初立次子叔齐为君，但叔齐不愿继承君位，想把位置让给哥哥伯夷。而伯夷认为自己不能违背父亲的命令，为难之下便逃走了，叔齐竟也随之逃走。

彼时纣王荒淫暴肆，二人听说姬昌宽厚和善，治国有道，于是想去投奔姬昌。等他们到达周地时，姬昌已经去世了，正好赶上姬发载着父亲的灵位东征伐纣。伯夷、叔齐拦住姬发的战车说道："父死不葬，爰及干戈，可谓孝乎？以臣弑君，可谓仁乎？"（司马迁《史记·伯夷列传》）姬发的部下听他们言辞不逊，便抽出武器想要教训他们，姜尚出言阻拦，说："此义人也。"然后就放他们离开了。

武王伐纣大获胜利，天下都归顺于周朝，但伯夷叔齐却认为武王"不孝不忠"，不愿意做他的子民，于是二人隐居于首阳山上，不食周粟，终日采薇（野豌豆苗）而食，直到饿死也未改心志，死前曾作哀歌唱道："登彼西山兮，采其薇矣。以暴易暴兮，不知其非矣。神农、虞、夏忽焉没兮，我安适归矣。于嗟徂兮，命之衰矣。"（司马迁《史记·伯夷列传》）

武王建周之后定都镐京（一说为今陕西西安附近），封古代帝王的后裔、商的遗民以及立功的将士等人为诸侯，赐予其土地及人民，让他们建立封国镇守疆土。同时诸侯也需定期向周王室缴纳贡赋，遇到战乱还须随周王作战、保护王室安危。由此，逐渐形成了"溥天之下，莫非王土；率土之滨，莫非王臣"（《诗经·小雅·北山》）的统治格局。

夏、商、周留下了明君贤臣的佳话，也留下了暴君的故事。《左传》有"夏以妹喜，殷以妲己，周以褒姒，三代所由亡也"之说。夏桀修建酒池肉林、撕裂无数的绢帛，只为博得妹喜一笑；商纣王设炮烙之刑，烧灼忠臣良民的皮肉，以凄厉的惨叫讨妲己欢心；周幽王点燃烽火，火光映照着褒姒的笑颜，也烧毁了诸侯王的信任和忠诚。

幽王之后，周天子的权力一落千丈。平王东迁后更是王室衰微，侯国间战乱频仍，中国开始了长达五百余年的分裂史。后世以韩、赵、魏三家分晋为标志，将东周分为春秋、战国两个时期。这是诸侯割据与弱肉强食的时期，社会风雷激荡，烽烟四起，天下格局在争战中渐趋明朗，新兴的社会阶层也开始走上历史舞台。

西施

[唐] 罗隐

家国兴亡自有时，吴人何苦怨西施。
西施若解倾吴国，越国亡来又是谁。

［清］费丹旭《柳下佳人图》（局部）

史书时常将一个国家覆灭的根源归罪为一个帝王的昏庸，又将一个帝王昏庸的原因牵附给一个貌美的女子。不同于《左传》中的亡国之见，罗隐以西施为例，为历史上被视为"红颜祸水"的女子正名。

西施出生于越国，她天生丽质，有倾国倾城之姿，位列"四大美女"之首。传说，西施在溪边浣纱之时，水中鱼儿见到她的容颜都为之倾倒，因忘记游动而沉入水底。

如若没有"吴越之争"，西施兴许能在当时做一位衣食优渥的贵妇人，纵使美貌随岁月逝去，也能平安惬意地度过一生。然而，自古红颜多薄命，西施被一心复仇的越王勾践所寻获，并将她作为一枚棋子献给了淫而好色的吴王夫差，让她凭借容貌俘获君心，效仿妲己、褒姒，以祸乱吴国的朝政。这就是罗隐诗中吴人怨西施的缘故。然而，一个国家从建立到兴盛需要数代君王的励精图治，一个国家的灭亡也必然是积弊渐深的结果，岂是仅由一个弱女子兴起的风浪所致。

从原始社会到奴隶制国家，再到统治千年的封建社会，一个又一个王朝从建立、兴盛走向衰败。历史总是惊人地相似，一代明君与一代贤相的相遇，携手创建新的王朝；末代君王荒淫无道，政弱民哀，外忧内患齐发因而亡国。朝代更迭之中，人民始终期盼着明君的诞生和暴君的灭亡。历史是一面镜子，它映照出兴衰的教训：从来不是红颜乱国，而是昏君亡政。

战国时期，秦国偏居崤山以西，因远离中原，常缺席诸侯会盟，逐渐被其他诸侯国疏远。到了秦孝公时期，他重用商鞅，锐意革新，逐渐使秦国能与山东六国并称。到了战国后期，秦国成为"七雄"中实力最强的国家。秦王嬴政在位时，国力更为强盛，先后吞并韩、赵、魏、楚、燕、齐六国，统一中国，建立秦朝。这位"千古一帝"以雄才大略征服了天下，也留下了诸多的治政是非供后人评说。

商鞅

[北宋] 王安石

自古驱民在信诚，一言为重百金轻。

今人未可非商鞅，商鞅能令政必行。

商鞅何许人也，大家并不陌生，但他为何值得王安石专门赋诗一首呢？王安石曾经问宋神宗：秦孝公能采用商鞅的建议，皇上比他怎样？可见，王安石亦是自比商鞅，希望宋神宗能效仿秦孝公支持变法。为此，在王安石变法期间，保守派纷纷攻击商鞅，可谓项庄舞剑，意在沛公，实际的攻击矛头直指王安石。于是，在熙宁二年（1069年），王安石写下了《商鞅》这首诗来明己心志，表明自己的政治见解以及推行新法的决心。

作为战国时代的终结者，秦国从一个偏居一隅的诸侯国，逐渐成为一个幅员辽阔的大一统帝国，在这一过程中，"商鞅变法"功不可没。商鞅自魏国入秦，在秦孝公的支持下实施了一系列变法措施，主要包括废井田、重农桑、奖军功、实行统一度量、建立郡县制和迁都咸阳等。

变法之初，受到了许多旧权贵的阻挠，同时，他起草的新政令也很难取信于民。对此，商鞅想出了一条妙计，也就是王安石在《商鞅》一诗中引用的这个"立木为信"的故事。

一天，商鞅在都城的南门立了一根三丈长的木头，称有谁能将此木从南城门扛到北城门，就可以得到十两黄金。不一会儿，城门口就围了一层又一层看热闹的人，但是大家都觉得这么轻松的任务怎么可能得到重赏，怀疑这是商鞅的玩笑之举，并无人应征。商鞅见状不断提高赏金，直到承诺给完成任务者五十两黄金时，一个人举手说道："不就是一根木头嘛，给一分赚一分，就算不给钱也不吃亏呀！"说罢扛起木头就走，围观的民众越来越多，纷纷跟着他来到了北门。之后，商鞅遵守诺言给了他五十两黄金。此举使得商鞅在民众中树立了威信，而后他颁布的新法令才得以顺利推行。经过先后两次变法，秦国的农业生产增加，军队战斗力得到极大提升，国富民强，一举成为战国后期"七雄"之首。

［北宋］张择端《清明上河图》（城门部分）

秦王嬴政沿用范雎"远交近攻"的政策，并采纳李斯、尉缭等人的建议，"毋爱财物，赂其豪臣，以乱其谋"，破除六国合纵之谋，先后消灭韩、赵、魏、楚、燕、齐等六国，结束了春秋以来诸侯割据混战的局面，建立起中国历史上第一个专制主义中央集权的封建国家。

统一六国之后，嬴政采取诸多措施巩固大一统统治。《礼记·中庸》记载："今天下，车同轨，书同文，行同伦。"经济方面，统一了币值和度量衡；文化上，统一了文字；社会方面，端正风俗，建立起统一的伦理道德和行为规范。此外，嬴政还派蒙恬北击匈奴，筑长城抵御匈奴入侵，南征百越，凿通灵渠水系以通航，在政治、经济、文化、社会生活等方面均贯彻统一之业。这些平定天下又一统天下的伟业，令嬴政引以为傲。他认为自己"德兼三皇，功过五帝"，遂取三皇之"皇"、五帝之"帝"构成"皇帝"的称号，他还希望所建立的功业能为千秋万代的子孙传承，于是自称"始皇帝"，成为中国历史上第一位"名正言顺"的皇帝。

作为一名伟大的开创者，嬴政有经营统一之功，而未能尽行良政善治之策。他弃仁义而用威力，行事过于激进；对外南征北战，对内厚敛重赋；暴虐穷奢又不量民力，以致囹圄成市，天下愁怨。在当时有数不清的民众因建阿房、修驰道、凿灵渠、征战四方而家破人亡，为秦朝亡国埋下了祸根。秦汉时有童谣唱道："阿房阿房亡始皇。"

秦二世胡亥继位后更是耽于享乐，政权落于奸臣赵高手中，朝堂上忠良受残害，四野中也是民怨沸腾。公元前206年，秦朝灭亡，项羽攻入咸阳，雄伟富丽的阿房宫被付之一炬，随着大秦帝国一同化为历史的尘灰。

千年之后，元代的张养浩经骊山，念此感慨颇深，写下一曲《山坡羊》评述列国遗恨：

> 骊山四顾，阿房一炬，当时奢侈今何处。只见草萧疏，水萦纡，至今遗恨迷烟树。列国周齐秦汉楚。赢，都变做了土。输，都变做了土。
> （张养浩《山坡羊·骊山怀古》）

秦朝的暴政终于激起了民众的反抗，秦朝末期农民战争接连爆发，其中势力最盛的当推"大泽乡起义"以及六国旧贵族的复国运动。

秦二世在位时，曾大举征兵去戍守渔阳。陈胜、吴广等近千人因遇雨耽误行程，依秦律，"失期当斩"。在此境遇下，他们以"壮士不死即已，死即举大名耳，王侯将相宁有种乎"（司马迁《史记·陈涉世家》）为号，举起了反秦的大旗。造反兴许能有一线生机，即便身死，也要留下气壮山河的盛名。而"王侯将相宁有种乎"这句口号，也激励了无数的后来人。

陈胜、吴广在大泽乡发动的农民起义，重创了秦军，起义军又接连攻克蕲、铚、酂、苦、柘、谯等地，陈胜于陈县自立为王，定国号为张楚。称王之后，起义军赢得了各地人民的响应，大家纷纷杀掉当地的官员，打开城门迎接义军。许多六国旧部听闻后也前来追随起义军，并掀起了魏、齐、赵、楚、韩、燕等复国运动，最后以楚为号的项羽刘邦军夺得了"百二秦关"。耗费无数民力、物力的阿房宫也被项羽一把火烧了个干净。

［清］袁耀《骊山避暑图》（骊山高阁部分）

"列国周齐秦汉楚"都未逃脱张养浩所言之"遗恨"，争霸兵戈，无论输赢都化作了尘土。

垓下歌

[秦] 项羽

力拔山兮气盖世。时不利兮骓不逝。
骓不逝兮可奈何！虞兮虞兮奈若何！

秦亡之后，随之而来的是楚汉之争。项羽落败，自刎乌江，留下一首垓下遗歌，为他短暂又波澜的一生落下注脚。《垓下歌》是一曲悲歌，更是一曲情歌。其中，既有睥睨一切的豪情，也有壮志未酬的哀情；既有英雄末路的悲情，也有愁肠百结的柔情。英雄气短，儿女情长，令人唏嘘。

项羽有征战天下的气魄与能力，却少了几分守江山的智慧。入关中后，他先是大肆屠城、残杀皇室宗亲，而后火焚阿房宫，烧掉了秦国的强盛，烧掉了秦国的暴政，也烧掉了民心无数。

刘邦的作风与项羽截然相反，他破秦军入咸阳之后，首先废除秦朝苛法。为消除民众的恐慌，刘邦召集关中地区有威信的长者前来议事，与其约法三章：杀人者偿命、伤人和盗窃的人也会被判刑。刘邦的这一举动极大地赢得了人民的信任和拥戴，为他日后主政新朝奠定了基础。

此间，项羽对刘邦先入关十分不满。他的谋臣范增见刘邦入咸阳后不抢掠、不扰民，认定其有图谋天下的野心，于是在鸿门设宴，意图诛杀刘邦，这就是历史上著名的"鸿门宴"。鸿门宴上，范增安排项庄舞剑刺杀刘邦，但是被项伯挡住，刘邦见情况不妙，以上厕所为借口悄悄溜走，这才躲过一劫。之后，项羽杀死了"义帝"，拥兵自立为王，号称"西楚霸王"；封刘邦为汉王，管理巴、蜀等地。刘邦听从萧何建议，韬光养晦数年后才与项羽争夺王权。楚汉之争历时四年，最后以项羽穷途兵败告终。

大风歌

[汉] 刘邦

大风起兮云飞扬。

威加海内兮归故乡。

安得猛士兮守四方!

两军对垒之下,项羽自戕于乌江;刘邦则是衣锦还乡,成为大汉开国之祖。汉高帝十二年(公元前195年),刘邦击败叛军班师回朝,途中经过故乡沛县,便邀请父老乡亲一同饮酒。此时的刘邦已不再是当年那个籍籍无名的小亭长,而是一朝君王。酒酣之时,刘邦击筑高歌,吟唱的不再是当年的调笑之词,而是满含忧国之思的《大风歌》。此诗晓畅易懂,既有平定四方的壮志荣光,也有对固土守疆的忧虑。

刘邦善于用人,能在楚汉之争中取胜,"首功"萧何、"智囊"张良和"战神"韩信三位"人杰"功不可没。而此时,新朝的根基尚未稳定,叛军四起,北方又受匈奴觊觎。打天下时,刘邦得勇士谋臣相助,守天下时更期盼能网罗天下"猛士"来保境息民。

汉朝建国之初国力薄弱,刘邦在萧何的建议之下,奉行休养生息的政策,减轻人民的赋税徭役,重视农业发展,汉朝经济逐渐恢复。高祖去世后由其皇后吕雉听政,依然延续无为而治的治国方针,《史记·吕太后本纪》赞曰:"政不出房户,天下晏然;刑罚罕用,罪人是希;民务稼穑,衣食滋殖。"吕雉之后的文帝、景帝承继仁政,爱惜民力,西汉由此出现了第一个治世——文景之治。

秦末汉初时期中原内乱、政权衰微,给匈奴提供了一个安稳宽松的发展环境,匈奴强大之后数次侵扰北方边境。自高祖建汉,至文景之时,匈奴一直是汉朝的心腹之患。

武帝刘彻登基后,一改往日的和亲政策,以强硬的手段应对匈奴的侵扰。汉武大帝在位近六十载,以其雄才大略缔造出一个鼎盛的汉朝。

匈奴歌

[汉] 佚名

失我焉支山，令我妇女无颜色。

失我祁连山，使我六畜不蕃息。

卫青、霍去病是汉武帝时期两位抗击匈奴的名将，后世念其功勋，将二人合称为"卫霍"。据《汉书·卫青霍去病传》载，匈奴举兵南侵时，武帝曾派四路汉军北伐匈奴，唯有卫青一路胜于龙城，后又收复河套地区。在漠北之战中，卫青、霍去病重挫匈奴，迫使匈奴不敢南侵。这首《匈奴歌》就作于当时。

这首诗歌虽是由汉族文人收集整理，但作为匈奴民族留给后世的唯一一首民歌，《匈奴歌》中弥漫着浓浓的哀婉——失去了焉支山，我们的妇女少了美丽的妆颜；失去了祁连山，我们的牲畜该怎么繁衍。这不仅是因失却水草丰美的山麓而产生的遗恨，更是因精神家园的失落而绵延出的无限的哀伤。

大败以后的匈奴对汉朝又怕又恨，虽生存艰难却不敢南下牧马，狼烟四起的边关终在武帝时期熄灭了片刻的烽火。

汉武帝为后世留下了海内升平的政治局面，也为中华文明留下诸多宝贵的遗产。汉朝成为中国历史上大一统的高峰，影响延续至今，"汉族""汉字""汉文化"，其名皆缘于此。这位君主与秦始皇有颇多相似之处，崇尚武力、安定内外，后世将二人合称为"秦皇汉武"。

从后人所歌颂的王朝的强盛中，我们时常看见英雄帝王的身影，却鲜少追忆那些为帝国强盛献出力量，甚至是生命的人民。"自古驱民在信诚"，王安石所言不仅仅是变法之道，也是为政之法。从苛政到仁治，得失之间都是民心。

第二章

王朝兴衰

东汉灭亡之后，中国进入历史上政权更迭最频繁的时期——三国两晋南北朝。时势造英雄，无数的风流人物在历史上留下了浓墨重彩的篇章。魏武帝曹操高歌"老骥伏枥，志在千里"（曹操《龟虽寿》），人到暮年壮心犹存，力图建立一统霸业；忠武侯诸葛亮"出师未捷身先死"（杜甫《蜀相》），为蜀汉鞠躬尽瘁，惹得多少英雄泪湿衣襟；东吴名将周瑜"羽扇纶巾，谈笑间，樯橹灰飞烟灭"（苏轼《念奴娇·赤壁怀古》），在赤壁之战中联合蜀军击败曹操，从此奠定了三国鼎立的格局。

"吴宫花草埋幽径，晋代衣冠成古丘。"（李白《登金陵凤凰台》）隋朝收拾了破落的旧河山，唐朝安抚了困顿的百姓，五代十国却又再次陷入金戈征伐。其后的宋、元、明、清也在盛衰分合之间浮沉。

元朝是中国历史上首个由少数民族建立起的大一统政权，它将草原之气带到了中原大地，像北国的牧草一样野蛮生长，成为中国历史上最"叛逆"的政权。

当朱元璋自立为王时，王冕为其写诗曰："谁信江南别有春。"（《应教题梅》）当明朝灭亡时，顾炎武以"精卫填海"明志，"我愿平东海，身沉心不改"（《精卫·万事有不平》），永不向清王朝屈服。

清朝并未像"精卫"们期待的那般迅速灭亡，反而向治世走去，却逐渐沉醉在"天朝上国"的盛世梦里，直到西方的坚船利炮撬开国门，慈禧太后说："量中华之物力，结与国之欢心。"中华大地陷入了更深重的苦难中。

在诗人的吟唱里，魏晋南北朝是一个热血、浪漫又昏暗的时代。在纷争与统一之间，无论是帝王枭雄、世家大族，还是文人骚客、百姓流民，都随着三百余年的光阴化成了丘墟腐骨。

七哀诗三首（其一）

[东汉] 王粲

西京乱无象，豺虎方遘患。

复弃中国去，委身适荆蛮。

亲戚对我悲，朋友相追攀。

出门无所见，白骨蔽平原。

路有饥妇人，抱子弃草间。

顾闻号泣声，挥涕独不还。

未知身死处，何能两相完？

驱马弃之去，不忍听此言。

南登霸陵岸，回首望长安，

悟彼下泉人，喟然伤心肝。

元代张养浩在《山坡羊·潼关怀古》中言："兴，百姓苦；亡，百姓苦。"在封建社会，无论王朝兴盛还是衰敝，受苦的总是处在社会底层的平民。盛世之时，尚能安饱度日，若是荒年战乱，几无生存之希望。

汉武帝抗击匈奴，拓宽了大一统版图，但穷兵黩武却迅速地消耗了汉朝国力。武帝之后，西汉、东汉两朝昏帝频出，虽间或有短暂中兴时期，但外戚干政、宦官专权等弊病根深不断。

东汉中后期爆发的"董卓之乱"，加速了中央集权制度的崩溃，军阀四起，天下大乱。王粲此诗以哀痛的笔调叙述了东汉末年混战的乱象：百姓颠沛流离，路边白骨累累，母亲含泪抛下啼哭的婴孩。此情此景让人肝肠寸断。

诗人抛离故国，南行逃难，路过埋葬文帝的霸陵高地，更是悲从中来。文帝在世时，长安城繁华热闹，而今却是烽烟遍地。"忾我寤叹，念彼周京"，《诗经·下泉》中的声声叹息辗转数百年传到了东汉，其间呼唤的贤君盛世也正是王粲的心声。乱世作哀歌，是对从前的繁盛治世更深切的向往。

王粲面对焦土，心念文景在位时的升平之世；辛弃疾远眺长江，纵使平生百战犹酣，仍然心系万里河山，盼望着能像孙权一般金戈铁马，建功立业。

南乡子·登京口北固亭有怀

[南宋] 辛弃疾

何处望神州？满眼风光北固楼。千古兴亡多少事？悠悠。不尽长江滚滚流。

年少万兜鍪，坐断东南战未休。天下英雄谁敌手？曹刘。生子当如孙仲谋。

辛弃疾生于靖康之变后，彼时南宋朝廷软弱，缺乏"明犯强汉者，虽远必诛"（《汉书·傅常郑甘陈段传》）的豪迈；加之兵力衰微，也没有"汉家旌帜满阴山，不遣胡儿匹马还"（戴叔伦《塞上曲》）的慷慨。辛弃疾虽曾多次参加抗金斗争，一生都在为收复北方而矢志奋斗，但却因主张训练军队、收复中原而长期不得重用。任镇江知府时，辛弃疾曾登临北固楼，极目远眺，望见滚滚东去的长江，似乎也望见那被金兵占领的中原故土。物是人非，千百年前的长江见证了孙权的年少英武，如今也见证了南宋朝廷的苟且偷安。

《三国演义》中描写孙权："生来紫髯碧眼，目有精光，方颐大口。形貌奇伟异于常人。"身为孙坚之子、孙策之弟，孙权十九岁时便继承了父兄在东汉末年群雄割据中打下的江东基业。他带领将士西征黄祖，北拒曹操，在赤壁之战中奠定了三国鼎立的基础时，年方二十七岁。曹操率军南下之时见孙权的军队威武非凡，长叹道："生子当如孙仲谋，刘景升儿子若豚犬耳。"

据说孙权喜爱狩猎，尤爱射虎，为此还将战车的车篷拆去，改造成视野开阔的"射虎车"。没有围栏的保护，时常有脱群的野兽扑车，孙权见状并无惊恐，反以能亲手搏杀凶兽为乐。吴国的重臣张昭曾劝谏道："为人君者，应该能驾御英雄，驱使群贤，岂能驰逐于原野，骁勇于猛兽？如一旦遭遇危险，岂不被天下耻笑？"孙权深感理亏，诚心道歉："年少虑事不远，以此惭君。"苏轼对孙权的艺高胆大颇为赞叹，在密州围猎时就曾赞之曰"亲射虎，看孙郎"（《江城子·密州出猎》）。

咏怀诗（其一）

[魏晋] 阮籍

夜中不能寐，起坐弹鸣琴。

薄帷鉴明月，清风吹我襟。

孤鸿号外野，翔鸟鸣北林。

徘徊将何见，忧思独伤心。

魏国后期的实权渐被司马氏掌控，司马氏与曹氏在朝廷中形成了两大政治集团，互相排挤倾轧，诸多不愿趋炎附势的大臣谋士只能在夹缝中求生存。阮籍为了保全自己，常用醉酒的方法逃避两方的征召。他的小心翼翼虽换来了一时的安全，但是心中的治世之愿却如空中楼阁，实景难现。

阮籍的所思所想都凝集在八十二首《咏怀诗》中。首篇直言"夜中不能寐"，索性坐起抚琴。月光如水，照在薄薄的帐幔之上，清风带着凉意吹来，衣襟随着帷帐一同轻轻飘起。夜不能寐并不是贪恋月色与清风，而是因为在他心中藏着沉重的愁闷和忧虑，深夜哀号的孤鸿、无处可栖的飞鸟才是他的知己。他们一同在深夜徘徊，不知希望何在，只能独自伤心。

心中忧郁难解之时，阮籍还会驾着马车四处游荡。他的目的并非是游览

［南宋］夏圭《临流抚琴图》

名山大川，而是追寻"天意"。他驾着车随意前行，不管路途如何崎岖，也不管路旁有何风景，行到路的尽头才驱车而返。无论他出门时选择哪个方向，在岔路口选择了哪一条分支，总是会走到穷途。这在他看来就是天意的昭示，昭示着他的命运：不管如何抉择、如何挣扎都寻不到出路。每及此时，他难掩心中的悲痛，就坐在路旁放声大哭，曾曰："时无英雄，使竖子成名！"他所言之"时"，是楚汉之时还是曹魏之时，今犹未可知，他所说之"竖子"，也不知是否包括司马氏一族。

三国时期，司马懿、司马昭、司马炎祖孙三代可谓是风光无限，司马炎朝堂争斗取胜，并以"禅让"之名逼迫魏元帝退位，定国号"晋"，建立起大一统朝廷，令人心潮澎湃的三国英雄纷争随之告结，中原暂时归于平静。然而，两晋的"平静"却犹如一条暗河，其间有无数的漩涡涌动，和平只维持了短短数十年，就被司马氏内部因争权而起的"八王之乱"打破。匈奴、鲜卑、羯、羌、氏等少数民族趁乱而起，一路厮杀侵抵中原，战火再次蔓延开来，也将豪旷的胡风吹入中原大地。

敕勒歌

[南北朝] 佚名

敕勒川，阴山下。天似穹庐，笼盖四野。

天苍苍，野茫茫。风吹草低见牛羊。

《敕勒歌》是南北朝时期北朝民歌的代表之作，收录于郭茂倩所编写的《乐府诗集·杂歌谣辞》之中。此诗风格豪放，抒情直爽，描绘出一幅生机勃勃的草原图景：天地高远，山川秀美，草原辽阔无垠，牛羊隐没在丰茂的牧草之间。风吹过来，隐约可见四散的牧群。

《敕勒歌》既勾勒出壮美安宁的北朝风光，也是南北融合的一页记录。北魏孝文帝在位时，改革新政，推行汉化运动。为了更好地把控中原，北魏迁

[明] 佚名《百牛图卷》(局部)

都洛阳。此外，孝文帝还令官员子民学习汉语、汉俗，鼓励鲜卑族与汉族通婚，极大地促进了民族融合。自北魏起，北朝民歌逐渐采用汉语记录，形式上汲取汉族诗歌之长，内容上则保留独特的草原风情。

魏晋南北朝是一个大分裂、大动荡的时期，也是一个南北大融合、民族大发展的时期。在这四百年里，由于战乱频仍，百姓流离失所困顿难安，于是多次南渡谋生，直接促进了当地耕织贸易的发展。少数民族内迁、民汉通婚、移风易俗等打破了姓氏血缘之别，拆解了文化壁垒，使得汉、胡逐渐融为一体。直到隋朝建立，统一中国南北方，纷乱的魏晋南北朝才算正式结束。

"天下大势，分久必合，合久必分"，那么历史真的只是一个又一个分合的循环吗？在兴替之间，历史已经给出了答案：王朝的盛隆与衰敝，小民的安乐与忧患，每段历史都充满了变化与选择。

汴河怀古二首（其二）

[唐] 皮日休

尽道隋亡为此河，至今千里赖通波。

若无水殿龙舟事，共禹论功不较多。

南北朝后期，杨坚建立隋朝，史称隋文帝。文帝即位以后，灭掉了南朝最后一个国家陈，实现了中原统一。隋文帝去世后，其子杨广继位，即隋炀帝。提起隋炀帝，人们大多会想起他兴修大运河之事。

"万艘龙舸绿丝间，载到扬州尽不还。"（《汴河怀古二首·其一》）相传隋炀帝杨广穷奢极欲，听闻扬州自古繁华，便心生向往。但从洛阳到江南路途十分遥远，如何能够快捷、舒适地去往那"二分明月"的扬州？开凿一条直达水路，岂不快哉！运河修好之后，杨广乘锦绣龙舟一路南下，沿途搜刮民脂民膏以供享乐，官员民众都苦不堪言，再加上连年征战，赋税徭役极其繁重，导致隋末农民起义爆发。

除了兴修运河，杨广在位十四年间还做了许多件大事：迁都洛阳、西征吐浑、三征高句丽……这些劳民伤财之事常被史家看作是亡国祸根。《周书·谥法》中说："去礼远众曰炀，好内远礼曰炀，好内怠政曰炀，肆行劳神曰炀。"把这个"炀"字用在杨广身上，等于为他做了一个无礼弃众，怠政劳民的盖棺定论。

然而，评述一个帝王的好与坏，不仅需要当时民众的评判，也需要时间的检验。不同于传统史家的批驳之言，皮日休将兴修大运河看作是隋炀帝的功绩之一，甚至认为，如果没有奢游江南之事，隋炀帝的功劳堪与大禹治水相比。

　　在交通不便的古代，水路往往比陆路更为经济，隋炀帝为观扬州琼花修运河的说法多是后人附会而来。从隋朝政况来看，运河的修建不失为一件利国利民之事。隋文帝定都长安，关中虽富庶，但尚不能与江南地区相提并论；后隋炀帝迁都洛阳，更有利于加强对中原及江南地区的控制。在当时，江南地区的丝织绢帛、稻谷盐铁等通过陆路源源不断地输送至北方，而相对水运来说，陆运容量小且耗时长，开凿大运河则能极大地沟通南北经济。后世在隋朝大运河的基础上继续修建，使其成为一条沟通南北的大动脉，在漕运、水利等诸多方面都造福于民。

　　尽管后人享受着大运河带来的红利，隋炀帝却无福消受，隋三十余年而亡。唐太宗李世民在位时吸取隋亡教训，虚心纳谏，厉行节约，还经常用"水能载舟，亦能覆舟"[1]来教导臣子要爱惜民力。正因为有以唐太宗为核心的

[清] 袁耀《邗江胜览图》(扬州城部分)

---

[1]此句原出于《荀子·王制》："君者，舟也；庶人者，水也。水则载舟，水则覆舟。"

政治群体的奋楫笃行，才开创了唐朝的第一个盛世"贞观之治"。从唐太宗的一首为人熟知的诗歌中，也能窥识其知人善任的优点。

赐萧瑀

[唐] 李世民

疾风知劲草，板荡识诚臣。

勇夫安识义，智者必怀仁。

经历玄武门之变，李渊对李世民的信任一落千丈，在萧瑀的劝解下才把政权交给李世民。李世民登基后，封萧瑀为相。萧瑀出身高贵，高祖父是南朝梁武帝萧衍，曾祖父是昭明太子萧统，祖父是梁宣帝萧詧，父亲是梁明帝萧岿，亲姐姐是隋炀帝的萧皇后，儿媳妇是唐太宗的女儿。可以说，萧家在三朝均是天潢贵胄。正是这样显赫的家世背景，使得萧瑀更能明晓"君君，臣臣"的朝廷大义，也铸成了他忠诚亮直、刚正不阿的耿直个性。以至于他屡逆圣意，一生六次拜相，六次罢相，一直处在权力中心。太宗给予了他很高的评价："诚、仁、义、智、勇。"不仅如此，萧瑀的孙子、曾孙、玄孙乃至侄子中，有八人在唐朝为相，这在历史上也是罕见的。

唐高宗李治继承了贞观遗风，沿用太宗旧制，重用旧臣，勤政爱民，把唐太宗时的三日一朝改为一日一朝，在其统治下，天下大治。高宗因勤于政事，忘记了在长安感业寺出家为尼的旧情人武媚娘。

如意娘

[唐] 武则天

看朱成碧思纷纷，憔悴支离为忆君。

不信比来长下泪，开箱验取石榴裙。

武媚娘回想起昔日与李治在宫廷里秋波暗送，芳心暗许，如今只有古刹

[唐]张萱《唐后行从图》(武则天画像部分)

青灯相伴,若奈何,奈若何?一首《如意娘》,朱碧难分影憔悴,柳泣花啼盼君来,勾起了李治旧时的绵绵情意,不日将其召回宫中。武媚娘的复出开启了中国女性执掌最高王权的大幕。

武则天称帝后,取"日月当空,并而生辉"义造"曌"字,并以此字自名。除此,还取"一生"义造"𤯔"(人),取"四面八方"义造"圀"(国),取"忠心如一"义造"𢘥"(臣)等。武则天基于自己的政治目的,新造汉字近二十个,以示除旧布新之义。人亡政息后,这批汉字也随之废弃。

当李唐王朝的钟声重新敲响,唐玄宗李隆基在先辈建下的治世之上更是缔造出一个至今仍留有无限遐想、让人梦回的伟大时代——开元盛世。

忆昔二首（节选）

[唐] 杜甫

忆昔开元全盛日，小邑犹藏万家室。

稻米流脂粟米白，公私仓廪俱丰实。

九州道路无豺虎，远行不劳吉日出。

齐纨鲁缟①车班班，男耕女桑不相失。

　　杜甫在《忆昔二首》中追忆了开元盛世时的社会状况：当时人丁兴旺，小城市都有万家人口。到了丰收的季节，随处可见沉甸甸的稻谷，农人一年的劳动换来了全家充足的口粮，缴纳的赋税也填满了公家的粮库。人人安居乐业，出行不必担心盗贼劫匪，路上连豺狼凶兽都没有，随时都可以出门远行，不必费心挑选黄道吉日。当时的商业也很繁荣，街市上的车辆络绎不绝。男耕女织，各司其职，成就了那个独一无二的盛世。

　　开元年间，经济富庶繁荣，文化兴盛，社会安宁有序，引得万国来朝。唐朝也成为中国历史上声望最高的朝代，浑厚、雄壮的盛唐气象所体现的精神底蕴和时代情怀至今让人神往。然而，玄宗到了晚年却开始追求长生之术，耽于酒色，宠信外戚，整个王朝渐渐失去了活力。唐玄宗为凸显自己执政的能力，多次发动边关战争，兵役赋税的重担也转移到了平民身上。

　　在内忧外患之下，王朝虚幻的强盛一击即碎。安禄山、史思明率兵叛变，引发了长达八年的安史之乱，这也是唐朝由盛转衰的节点。

　　"诗圣"杜甫不仅记录了唐朝的兴盛富足，也记录了它的衰敝乱象，其间透露出的忧国忧民情怀更为后世敬仰。《春望》一诗便是作于安史之乱时，与《忆昔》中所怀念的开元盛世形成了鲜明的对比。

---

①齐纨鲁缟：纨和缟都是丝织品的名字，齐鲁指山东一带，山东一带产出的丝织品尤为精美，在诗中泛指商业贸易的繁华。

春望

[唐] 杜甫

国破山河在，城春草木深。

感时花溅泪，恨别鸟惊心。

烽火连三月，家书抵万金。

白头搔更短，浑欲不胜簪。

唐玄宗天宝十四年（755年），安禄山起兵叛唐，唐朝军队仓促应战，接连失败，叛军却一路势如破竹攻陷潼关，唐玄宗只得携后宫嫔妃、皇族后代、亲信随从等逃往四川避难。七个月后，肃宗在灵武（今属宁夏）继位。杜甫闻讯，安顿好家小，便只身一人投奔肃宗朝廷，结果在途中不幸被叛军俘获，解送至长安，后因官职卑微才未被囚禁。唐肃宗至德二年（757年）春，身处沦陷区的杜甫目睹了长安城的巨变：山河依旧，城池残破。昔春是烟柳明媚，鸟语花香，今春却满目疮痍，荒草丛生。战火焚灭了蕃昌盛世，也阻隔了家

[唐] 李思训（一说李昭道）《明皇幸蜀图》

人欢聚。心怀黍离之悲、思亲之忧的诗人，尚思济世，却自伤其老。百感交集之下，杜甫写下了这首传诵千古的名作。

唐朝灭亡之后，中国历史再次由大一统转入大分裂时期，南北分治，五代十国轮番登场。而沧海横流，方显英雄本色。后周大将赵匡胤，奉命北御契丹时，在陈桥驿①发动兵变，手下将领为他披上象征权力的黄袍，拥簇他自立为王。夺得兵权的赵匡胤率军返还都城开封，逼迫后周皇帝禅位，建立了新政权，定国号为"宋"。

宋朝绵延三百余年，曾爆发四百余次农民起义，是中国历史上唯一一个被少数民族二度亡国的政权，其间数次割城纳币屈辱求和，被后世称为"弱宋"。但陈寅恪却言："华夏民族之文化，历数千载之演进，造极于赵宋之世。"（《邓广铭〈宋史职官志考正〉序》）宋朝的气质是矛盾而又迷人的，衰弱与繁盛并存，耻辱与荣耀同显，武将时时抱恨终天，而文人多能优游一生。它是弱世也是盛世，起于兵变也亡于战争。

望海潮
[北宋] 柳永

东南形胜，三吴都会，钱塘自古繁华。烟柳画桥，风帘翠幕，参差十万人家。云树绕堤沙，怒涛卷霜雪，天堑无涯。市列珠玑，户盈罗绮，竞豪奢。

重湖叠𪩘清嘉。有三秋桂子，十里荷花。羌管弄晴，菱歌泛夜，嬉嬉钓叟莲娃。千骑拥高牙，乘醉听箫鼓，吟赏烟霞。异日图将好景，归去凤池夸。

柳永在《望海潮》一词中描绘了江南钱塘的繁华盛景。"市列珠玑，户盈罗绮"，人们泛舟湖上，听箫鼓赏烟霞，从平民百姓到达官显贵，都沉醉在钱

---

① 今河南封丘东南陈桥镇。

塘美景之中。陈振孙《直斋书录解题》评价此词曰："承平气象，形容曲尽。"整个江南在柳永笔下呈现出一派富庶安宁的景象。

在北方，宋朝的繁盛又是另一种景象，张择端曾作《清明上河图》记录都城东京（今河南开封）的风俗风貌。

宋朝经济、文化的繁盛给平民带来了富裕优逸的生活，但是冗官弱兵的弊病也使得宋朝的统治摇摇欲坠。辽、金等外族不断入侵，安宁的生活随时面临着战乱的威胁。

到了靖康年间，金朝大败辽国，乘胜侵入北宋，东京城破，宫中女眷被抵押给金国做奴。宋徽宗、宋钦宗连同诸多皇室宗亲先后被掳，他们被金兵扒光上衣，手腕用绳子绑住，像牵羊一样送到金朝的宗庙中，许多俘虏因为受不了这种"牵羊礼"的屈辱而自杀。史称"靖康之变"。

满江红·写怀

[南宋] 岳飞

　　怒发冲冠，凭栏处、潇潇雨歇。抬望眼，仰天长啸，壮怀激烈。三十功名尘与土，八千里路云和月。莫等闲、白了少年头，空悲切。

　　靖康耻，犹未雪。臣子恨，何时灭。驾长车，踏破贺兰山缺。壮志饥餐胡虏肉，笑谈渴饮匈奴血。待从头、收拾旧山河，朝天阙。

靖康之变是南宋深入骨髓的耻辱与惨痛，对故土沦陷的悲愤，对敌人的深仇大恨，都化作词人壮豪满怀的激昂与时不我待的奋进，从笔端倾泻直下。

"靖康耻，犹未雪。臣子恨，何时灭。"岳飞一生致力于抗金，立下宏图要洗雪靖康之耻，收复旧山河。他带领岳家军四次北伐，一路攻城夺地，克复国土。"三十功名尘与土，八千里路云和月。"此时的岳飞不过三十来岁。古人云"三十而立"，是立言、立行、立功，还是立礼、立德、立道？对岳飞而言，所立之言，是杀敌报国的豪言；所立之行，是报仇雪恨的壮行；所立之功，是收复中原的丰功。其中更饱含着传统士人和武将济世安民、精忠报国之礼、之德、之道。宋朝以"三十之节"为殊荣，然而正值壮年的岳飞梦寐以求的并不是建节封侯，身受殊荣，而是完成抗金救国的神圣事业。

正如他自己所说的"誓将直节报君仇""不问登坛万户侯"，功名不过就像尘土一样，微不足道。可是，这位文武双全的国士却因受秦桧构陷和高宗皇帝猜忌，曾在一日之内接连收到十二道用金字牌递发的班师诏，回朝后更遭千古奇冤，以莫须有之罪名被处以极刑。百姓闻之大恸，金军闻之大喜。岳飞身亡二十年后，冤屈才得以昭雪，此后的帝王多次追封予他荣誉，秦桧像至今仍跪在他的墓前，但是身后之名终难填生前之憾。

过零丁洋

[南宋] 文天祥

辛苦遭逢起一经，干戈寥落四周星。

山河破碎风飘絮，身世浮沉雨打萍。

惶恐滩头说惶恐，零丁洋里叹零丁。

人生自古谁无死，留取丹心照汗青。

南宋后期不仅要应对金国随时侵犯的威胁，还面临着蒙古族崛起的危机。后来蒙古派遣使臣与宋商议夹击金朝，宋理宗和他们定下联盟。金亡之后，蒙古并未按照约定与宋和平共处，而是多次发动南侵战争，一再挫伤宋朝元气。忽必烈于大都建元之后，国力进一步增强，南宋几乎无力抵抗，正如著名将领文天祥诗中所言："山河破碎风飘絮，身世浮沉雨打萍。"文天祥抗元战败后被俘，押至大都受囚三年，至死不降，一句"人生自古谁无死，留取丹心照汗青"气冲霄汉。

"以史为鉴，可以知兴替"，从夏、商、周到秦、汉、唐、宋，王朝的覆灭隐约有迹可循：昏庸偏信致使朝堂之上无股肱之臣，好大喜功、穷兵黩武引发边关战乱，苛政暴敛之下人民揭竿而起，大厦危倾皆缘内忧外患。唐朝从强盛到纷乱，宋朝从繁华到羸弱，其间藏着无数的故事与教训，等着后人解读摘寻。

元朝是一个叛逆、富有野性的政权，给中国历史添上了一笔独特的色彩。元朝覆灭以后，封建集权统治由朱元璋建立的大明王朝接续。当人民为汉族新政权欢呼的时候，有些改变正在悄悄发生：皇权高度集中，封建专制主义集权加剧，资本主义萌芽出现并缓慢发展，民众的思想受到严格控制……封建社会在明清年间走向鼎盛，也在明清之时走向衰亡。正是在对抗与融合之间，中华民族逐渐形成。

冀州道中（节选）

[元] 王冕

纵有好儿孙，无异犬与猪。

至今成老翁，不识一字书。

元朝是在马背上取得的政权，常年征战虽是扩大了疆域，但却缺乏有效的经营和管理，国家内部伤痕累累。王冕在《冀州道上》一诗中就批判了元朝重武轻文、戕害文化的统治风气：儿孙生来聪明伶俐，但是在元朝统治者的眼中与猪狗没什么差别，直到成为白胡子老翁也没有读书识字的机会。

过去民间对知识分子有一种蔑称——臭老九，这种称呼来自元朝统治者划分的社会等级：官、吏、僧、道、医、工、匠、娼、儒、丐。历来备受尊重的儒家文人被划至社会的底层，低于娼妓，仅高于乞丐。而汉人崇儒厌战，重农抑商，这与蒙古族的游牧好战传统相悖。为维护蒙古贵族的利益，除十层等级外，元朝统治者还将民分为四等：

一等蒙古人，二等色目人①，三等汉人②，四等南人③。在"十等级"和"四等人"两种制度下，元朝文人仕途难行。张可久曾言："伤心秦汉，生民涂炭，读书人一声长叹。"（张可久《卖花声·怀古》）当时的文人胸怀苍生，却不能在朝堂之上呈章递折，只能旁观政治苦感无奈，于是转从诗文谋划山河。

应教题梅
[元] 王冕

刺刺北风吹倒人，乾坤无处不生尘。

胡儿冻死长城下，谁信江南别有春。

此诗作于王冕晚年。彼时朱元璋自封吴国公，对覆灭元朝胜券在握。王冕受朱元璋召见时，写下了这首饱含政治色彩的咏梅诗。北风吹乱乾坤，烟尘四起，喻指元朝统治的黑暗混乱，"江南春"则是对吴国公治理天下的推崇和赞颂。

《应教题梅》一诗虽然有一些溜须拍马的嫌疑，但也是当时文人对时局态度的写照。元朝起时极盛，之后衰而不振，很难用帝国灭亡的寻常教训来解释其间因果，相比于宋朝灭亡时子民的悲怆，元朝的覆灭更像是一种民心所向。

从文天祥"留取丹心照汗青"，到王冕"胡儿冻死长城下"，这个政权一直陷于民族矛盾中。在历史上那些动辄数百年的王朝中，元朝仅仅九十八年的统治史显得分外短暂。马背上的民族用一柄金戈圈出天下，最后却因"书卷"和"锄头"亡国。如果能与汉民平等和睦相处，如果能遵循旧制以儒道统治中原，如果不好战好兵而安于农桑，如果能重视文臣平息政变，元朝的统治会不会换一个模样？

---

① 主要指西域人，是最早被蒙古征服的，如钦察、唐兀、畏兀儿、回回等，另外，蒙古高原周边的一些较早归附的部族，也属于色目人，如汪古部等。
② 指淮河以北原金国境内的汉、契丹、女真等族以及较晚被蒙古征服的四川、云南人。
③ 指最后被蒙古征服的原南宋境内各族，淮河以南不含四川地区的人民。

［元］王冕《墨梅图》

"马上得天下，马下治天下"，历代君王都深知这个道理。明太祖朱元璋在建立明朝之后，一方面知道防止侵略的最根本办法就是提高军事实力；另一方面也知道，要巩固自己的统治地位，还需要利用文臣的学识来管理。随着国家政权的稳定，武将的地位逐渐下降。明朝中期，开始出现了崇文黜武的趋势。

马上作

［明］戚继光

南北驱驰报主情，江花边草笑平生。

一年三百六十日，多是横戈马上行。

明朝的文官以"中庸"为参政之道，主张维系各方的平衡。而带兵打仗则不同，"将在外，君命有所不受"。对于武将而言，手握一定的特权更有利于统摄兵士以及灵活作战。这种理念上的不同导致文官掌权时常打压武将，以获得更多的话语权。

"重文轻武"的风气导致明朝的军力迅速衰落，外患始终困扰嘉靖一朝。对鞑靼的纵容导致北方侵略之势愈演愈烈；东南沿海倭寇作乱，先后袭扰山东、浙江、福建、广东等地，甚至一度侵入明朝腹地，布兵南京城周围，如入无人之境。这时朝廷才意识到问题的严重性，戚继光与俞大猷临危受命，历时十余年最终才扫平倭患。而后戚继光在蓟门戍边十六年，之后又向北方抗击鞑靼。北征途中，戚继光写下了《马上作》一首，这首诗既是对他一生南征北战的写照，也是对明朝外患丛生的记录。

到了英宗时期，宦官势力壮大，开始干政，许多忠臣即使粉身碎骨也无力改变这种局面。加之蒙古残部南下侵明以及吏治腐败，导致流民问题日益严重，明朝统治开始由盛转衰。

精卫

[明] 顾炎武

万事有不平，尔何空自苦。

长将一寸身，衔木到终古？

我愿平东海，身沉心不改。

大海无平期，我心无绝时。

呜呼！

君不见，

西山衔木众鸟多，鹊来燕去自成窠。

大明亡国之后，明代的士大夫或就义，或隐居，或仕于新朝。在当时，有一个庞大的遗民群体，他们坚守着"天子守国门，君王死社稷"的气节，期待汉族政权再次统治九州。顾炎武既不愿接受异族统治，也没有走上颠沛流离的抗清之路，于是以一种归隐之态就身民间。在《精卫》一诗中，他借"精卫填海"的典故表达自己不愿委身异族的统治，誓将等待"反清复明"的

［明］佚名（一说仇英）《抗倭图》（海上作战部分）

那一天的决心。诗人家国沦丧的悲愤、漂泊四方对故乡的依恋以及复国振兴的渴望，都凝于这首诗中。

　　清朝建立之后，开始了长达二十余年的统一战争，先后剿灭农民军、南明势力，收复台湾后，基本建立起大一统政权，为其后的康雍乾盛世奠定了基础。清朝起初利用强大的政治力量压制汉民，后逐渐被汉族同化。"反清复明"的口号时隐时现，也使得清朝的统治者们始终心怀警惕。

　　在清朝最鼎盛的康雍乾统治时期，中国的封建专制主义也达到了历史的最高峰，集中表现在禁锢思想、大兴"文字狱"以及施行"闭关锁国"的政策上。前者借着政治高压打击"反清"的力量，后者凭着军事力量抵御"复明"的攻击。

清风诗

［清］徐骏

莫道萤光小，犹怀照夜心。

清风不识字，何故乱翻书。

"文字狱"即是指当时的许多文人因只言片语获罪的案件，雍正年间，翰林院庶吉士徐骏因所作的《清风诗》获罪，被看作是"文字狱"的典型代表。

据说徐骏恃才狂放，结怨颇多，有人揭发他作有"明月有情还顾我，清风无意不留人"之句，以此表达对故国明朝的怀念，贬低如今的清朝。徐骏被革职审讯时，刑部在抄家的过程中又搜到诗集《一柱楼诗》，其间"清风不识字，何故乱翻书"一句被解读为暗讽当朝统治者没有文化，徐骏也因此被处死。徐骏"清风诗"的故事流传至今有多个版本，具体史实已难考证，但此案当中所透露出的统治者对思想的控制、对文化的禁锢也令人深思警醒。

元朝时期，国家积极促进海外贸易，开辟了海上丝绸之路，元大都成为东亚、西亚、中亚重要的贸易中心。到了明朝时期，由于倭寇作乱等缘故，曾实行过一段时间的海禁政策，但沿海贸易仍处于相对繁盛状态。到了清朝时期，为平复东南沿海的复明运动，政府下令禁止官民擅自出海贸易，如将违禁货物贩卖到其他国家、制造船只贩卖给其他国家的，均交给刑部治罪。

后来康熙帝废止海禁政策。乾隆年间，已出现西方殖民者入侵以及销售鸦片等现象。基于海防考虑，清政府实行商行制度，即设立"广州十三行"垄断进出口贸易，由其代表清政府与洋商交涉。在长期的闭关锁国政策之下，清政府抱着"天朝上国"的心态，逐渐落后于西方，两次鸦片战争之后，中国也渐渐成为西方列强瓜分的对象，开始从鼎盛的封建帝国沦为半殖民地半封建社会。

谒金门三首（其一）

[清] 郑文焯

行不得，鴃地衰杨愁折。霜裂马声寒特特，雁飞关月黑。目断浮云西北。不忍思君颜色。昨日主人今日客，青山非故国。

鸦片战争之后，中日交恶，甲午战争爆发，清朝战败，签订《马关条约》，而后列强掀起了瓜分中国的狂潮，其间八国联军侵华战争更是予民族以重创。联军攻入北京城后火烧圆明园，屠杀百姓，劫掠财富，慈禧太后率光绪皇帝逃往西安。战后议和签订《辛丑条约》时，慈禧言："量中华之物力，结与国之欢心。"至此，中国完全沦为半殖民地半封建国家。国将亡矣，民作哀歌。清代词人郑文焯在八国联军侵华之时写下《谒金门三首》来表达对"青山非故国"的悲痛。

自宋朝到清朝，抵抗"异族"统治的斗争从未断绝。然而，在亡国灭种的危险面前，汉、蒙古、满、藏等各族人民都团结了起来，凝聚成中华民族，共同抵御外来的侵袭，"华夷之辨"终于变成了血脉相连。

第三章

羁旅战争

从原始社会到奴隶制社会，再到横亘千年的封建社会，人类从出现到壮大的每一个阶段都伴随着战争。

"国雠未报壮士老，匣中宝剑夜有声。"（陆游《长歌行》）年轻的侠客们仗剑走天涯，而迟暮之年的壮士与铁剑一同被战争遗忘，对家国的担忧使他们夜不能寐，发出一声声沉重的叹息。"铁球步帐三军合，火箭烧营万骨乾。"（释行海《次徐相公韵十首·出塞》）炼丹时意外发现的火药能变作烟花照亮黑暗的夜空，也能制成"铁球""火箭"摧毁敌营。从此，真正的硝烟开始弥漫在中原大地。

战争的烟尘遍布九州，也远飘到关外。从"靡室靡家，猃狁之故。不遑启居，猃狁之故"（《诗经·小雅·采薇》）、"长驱蹈匈奴，左顾凌鲜卑"（曹植《白马篇》）到"华人髡为夷，苟活不如死"（顾炎武《断发》）。从西周时期北征猃狁，到五胡乱华，再到满蒙铁骑入关南下，中原政权与少数民族的战争一直延续数千年。在这个过程中，各民族不断融合，这才形成现今中国统一多民族的面貌。

"万里赴戎机，关山度若飞。朔气传金柝，寒光照铁衣。"（《木兰辞》）当战争来临时，"花木兰"们披甲上阵保卫家国，"一去紫台连朔漠，独留青冢向黄昏。"（杜甫《咏怀古迹》其三）当国力衰弱时，"王昭君"们挥泪告别故乡，牺牲自由来换取两国的和平，"长安一片月，万户捣衣声。"（李白《子夜吴歌》）战争年代，更多的是留守田园的"无名氏"们，她们时刻牵挂着边关的亲人，用辛勤的劳动维护后方的安宁。

最初的人类制造出简单粗糙的工具来获取食物、抵御野兽。后来人口越来越多，形成了很多个部落，人们学会了建造房屋和耕种土地。为了占领水土宜居的地方、争夺粮食和奴隶，部落之间时常发生争斗。在争斗中，人们改造出更锋利、更成熟的武器，把石刀、骨刀嵌在石棒或骨棒的顶端，这就是矛最初的形状。此外还有石斧、石镞、石铲、石戈等，它们材质各异但都非常坚硬，形状不同但都十分锋利。坚硬和锋利是先民们对武器最简单的需求，这种需求也一直延续至今。

弹歌

[先秦] 佚名

断竹，续竹，飞土，逐肉。

《弹歌》是一首上古歌谣，记录了原始社会中人类制作弹弓来追逐猎物的场景。在上古的传说里，女娲补天之后还杀死了黑龙和凶猛的大鸟，拯救了无辜的百姓。然而，在真实的历史中，没有女娲的保护，人类需要靠自己的双手获取食物，同时还要时刻面对猛兽的侵袭。在这种情况下，人类学会了寻找武器保护自己。从地上捡起一根竹竿能打退一条毒蛇，捡起一块石头能捕获一只野鸭。在数次被豺狼虎豹围困之后，人类开始制造更锋利的武器，将兽骨石片磨成尖锐的形状，使其能够一下刺入凶兽的皮肉。

到了原始社会后期，随着社会生产力的提高，人们学会了冶炼青铜并用它来制造武器。据说蚩尤部落的族人们就是制作青铜武器的高手，在涿鹿之战中，他们已经使用杖、刀、戟、大弩等青铜兵器和炎黄部落战斗。

在夏商周奴隶制社会时期，青铜器的制作技术逐步发展至鼎盛。夏朝时已出现了青铜器皿和兵器。到了商朝中期，青铜器的制造愈加精进，许多器物上铸有铭文和纹饰。到了西周时期，青铜器冶炼工艺已十分成熟，功勋卓著的大臣还会将天子的赏赐铸成青铜鼎传给子孙后代，那些刻在青铜器皿上的铭文就是我们今天所说的金文。

诗经·大雅·公刘（节选）

[先秦] 佚名

笃公刘，匪居匪康。乃埸乃疆，乃积乃仓；乃裹餱粮，于橐于囊。
思辑用光，弓矢斯张；干戈戚扬，爰方启行。

《诗经》中出现了许多与青铜兵器有关的文字踪迹，如《公刘》赞颂了周先王公刘带领周先民开疆创业的历史功绩。诗篇开端描述了民众在公刘的率领下迁徙豳地的场景，大家备满干粮以候远行，拿起弓矢干戈等兵器阔步向前。诗中的"弓矢"即是指弓箭，"干戈"分别是指盾牌和长矛状兵器，后也成为兵器的统称，"戚扬"即是斧头。

除了上述兵器以外，商周时期最常见的青铜兵器是"钺"。《说文解字》中载："大者称钺，小者称斧。"与普通的武器不同，钺相较于矛、剑等兵器十分笨重，后来更多地作为王权的象征。

《左传·成公十三年》中言："国之大事，在祀与戎。"古代王者出师，手中常持钺以号令军士。祭祀之时，钺则是沟通神明和祖先的象征。

1979年，我国考古学家在河南安阳一处古墓中出土了两件大型青铜钺，一件上面刻着双饕餮噬人头纹，另一件铸有一头双身龙纹，其上铸有"妇好"铭文，这是目前发现的最早的中国青铜钺。据考古推断，此钺的主人为商朝的王后妇好，她是商朝国君武丁的妻子，也是中国历史上已知的第一位女性将军。钺不仅是妇好的武器，也是她的勋章。战场上，妇好以钺为令，率商军征讨戎狄开疆拓土；祭祀时，妇好持钺为家国生民祈福。妇好去世以后，武丁悲痛不已，追"辛"为她的谥号，并将象征地位与权力的钺作为她的陪葬品。这两件钺寄托了武丁的无限深情，也代表着商朝子民对妇好的敬重。

"钺"也成为权力的代称流传在后世的诗文中。《诗经·长发》曰："武王载斾，有虔秉钺。"即描写了武王持钺亲临战场讨伐敌军的场景，极大地鼓舞了士气。李白诗曰："天人秉旄钺，虎竹光藩翰。"（《南奔书怀》）安史之乱时，李白虽身处焦土，但仍对国运复兴抱有希望。后来归入玄宗第十六子永王李璘的幕下，认为他就是能够拯救乱世的"天人"，认为李璘仗钺秉旄，统帅三军，定能力挽狂澜，使乱世回归太平。诗中的"旄"和"钺"即是对英雄豪杰建功立业的指称。正如清代文人刘大櫆《送姚姬传南归序》中言："若夫拥旄仗钺，立功青海万里之外，此英雄豪杰之所为，而余以为抑其次也。"

到了春秋时期，流行一种叫作"吴钩"的兵器，它是一种用青铜锻造成的弯刀。相传吴王阖闾命国人做金钩，"能为善钩者赏之百金"。于是有人杀掉了自己的两个孩子，以血衅金，铸成双钩献给吴王。因其锋利无比宜于作战而被兵家珍藏，吴钩也成为杀敌报国的象征，后来泛指利剑，广为诗人吟

［五代十国］胡虔（传）《番部雪围图卷》（局部）

咏。李贺诗中"男儿何不带吴钩，收取关山五十州"（《南园十三首·其五》）便借"吴钩"表达了自己对征战杀敌、报效家国的渴望。辛弃疾更是登高远眺，满怀着对国土沦落的忧愁和愤恨，含泪轻抚吴钩。"把吴钩看了，栏杆拍遍，无人会，登临意。"（辛弃疾《水龙吟·登建康赏心亭》）

除了"吴钩"外，长剑也是侠客勇气和武力的象征。在春秋战国时期，中国开始进入铁器时代。与青铜器相比，铁器更为轻便锋利，于是，铁逐渐替代了青铜在战争中的角色，成为冷兵器时代最重要的铸造材质。宋代王令有诗云："困卧牛衣空有泪，剧弹铁剑不成歌。"（王令《日益无聊赖偶成呈子长》）相对于青铜剑而言，铁剑质地更为柔韧，弹剑时能发出泠泠的清脆声。剑本是用于杀敌，而现在却用来唱歌伴奏，铁剑无法物尽其用，喻指诗人也是空有才华而无处施展。

王令在诗中引用了冯谖"弹剑而歌"的故事来抒发自己怀才不遇之感。在战国时期，诸侯为在争霸中占据优势而尽可能地网罗人才。武士能够冲锋陷阵，文人能够出谋划策，因此当时的王公贵族之间也盛行养士的风气。冯谖是齐国的一位寒士，听闻孟尝君厚待门客，于是辗转来到孟尝君的府邸，想要投身孟尝君门下，孟尝君见此人衣衫朴素，腰间佩带一柄长剑，也没瞧出他有什么不凡之处，便问道："你有什么本事吗？"

寻常人多会回答说自己武艺高强或者是精于谋略，但冯谖很"谦虚"地说："我什么也不会。"

孟尝君心想："既然你没什么才能，那我收下你做什么呢？"但是又想到这个冯谖既然主动求见，说不定是个性子怪诞的有才之人呢，反正家里已经养了很多谋士侠客，也不多他一个。孟尝君就这样把他收入了府中，命人好吃好喝地招待他。

仆人们却嘲讽冯谖说："你看公子门下个个都是人才，同是吃着一日三餐，你能为公子做什么呢？"于是在吃饭的时候不给冯谖荤腥，出门的时候也不按照规矩给冯谖配车马。

冯谖不与这些人争辩，每次受欺侮之后就独自坐在大门口弹着铁剑唱

[明] 黄济《砺剑》

歌，把自己受到的不公平待遇都唱出来。孟尝君听说以后也没有多说什么，命令仆人按照其他门客的标准来对待冯谖。后来冯谖又一次弹剑而歌，唱道："长铗归来乎！无以为家。"周围的人都很鄙夷冯谖的行为，认为他贪得无厌。孟尝君听到也认为很奇怪，便派人去打探为何冯谖会这么说。原来冯谖家中有一位母亲，因为家贫，常跟着冯谖忍饥挨饿。孟尝君知晓后，连他的母亲也一同赡养了。冯谖至此才彻底信任孟尝君，在他的辅佐之下，孟尝君任齐相十多年间"无纤介之祸"。

我们常说"百炼成钢"，到了两汉时期，冶铁淬火工艺不断进步，锻造出的钢以坚韧锋利著称，逐渐用于战争中。唐宋之时，冷兵器与火器开始用于战争。据宋代路振的《九国志》记载，唐哀帝时，郑王番率军攻打豫章（今江西南昌），使用"发机飞火"摧毁豫章城的龙沙门，这是现存的火药用于军事战争的最早的记载。

火器开始普遍应用于战争是在宋朝时期。神宗时期战争频发，对火器的需求日益增大，据宋代王得臣《麈史》记载："同日出弩火药箭七千支，弓火药箭一万支，蒺藜炮三千支，皮火炮二万支。"可见当时火器的生产规模已十分可观。在释行海《次徐相公韵十首·出塞》一诗中还提到了"火箭"①这一重要的火器："铁球步帐三军合,火箭烧营万骨乾。"宋元时期,随着人们对制造火器所需的各种药物成分有了更深入的研究,去掉了之前掺杂的其他辅助成分,在定量配比上更加合理、科学,制作工艺也逐渐改善,大大提升了火器制造的水平,出现了最早的火炮、火枪、火箭、地雷、炸弹等火药武器。现在中国历史博物馆珍藏的铜火铳,制造于元至顺三年(1332年),它是目前世界上发现的最早的铜炮,口径为106毫米,因其威力较大,被称为"铜将军"。

铜将军（节选）

[元] 杨维桢

铜将军,无目视有准,无耳听有神。高纱红帽铁篙子,南来开府称藩臣。兵强国富结四邻,上禀正朔天王尊。

……

铜将军,天假手,疾雷一击粉碎千金身。斩妖蔓,拔祸根,烈火三日烧碧云。铁篙子,面缚西向为吴宾。

"元末江南诗坛泰斗"杨维桢在《铜将军》诗中,描述了元末农民起义领袖张士诚的弟弟张士信被"铜将军"发射的炮弹炸死的情景,展现了以火药作为推动力的武器在战争中所显示出的前所未有的威力。

"爆竹声中一岁除,春风送暖入屠苏"(王安石《元日》)、"纷纷灿烂如星陨,烨烨喧豗似火攻"(赵孟頫《赠放烟火者》),火药自从发明出来后,比枪炮更悠久、更广泛的用途是制成爆竹和烟花。后来火药通过丝绸之路传入西方,被制成火枪、火炮等大杀伤力武器,硝烟也由此开始真正地弥漫在战场上。

明朝中叶以后,中国的经济发展迟缓,其后清朝又施行闭关锁国政策,

_____

①中国古代的一种攻战的器具。箭上附有引火物,利用火药喷射,使箭前进。

［宋］李嵩《观灯图》（局部）

我国的火器制造技术几乎处于停滞状态，而西方这一时期火枪、火炮制造技术发展迅速。到了鸦片战争时期，这些新颖的洋火器终于打开了中国闭锁的大门。

三元里（节选）

［清］张维屏

夷兵所恃惟枪炮，人心合处天心到。

晴空骤雨忽倾盆，凶夷无所施其暴。

岂特火器无所施，夷足不惯行滑泥。

下者田塍苦踯躅，高者冈阜愁颠挤。

《三元里》一诗记录了鸦片战争时期广州城北的三元里村民自发抗击英军的斗争。彼时，占据广州四方炮台的英军到三元里村烧杀抢掠，当地民众奋起反抗并包围炮台。天逢大雨，英军的枪炮哑火不能使用，人民拿起锄头、刀斧等物反击英军，而后还发出《尽忠报国全粤义民申谕英夷告示》以警英军：

"况且于今并不用惊动天神，即用我等义民，便足以灭尽尔等畜生，上为天神泄愤，下为冤鬼出气。不用官兵，不用国帑，自己出力，杀尽尔等猪狗，方报我各乡惨毒之害也。"

石刀可以用作捕猎耕种，箭矢可以兴投壶射羿之雅趣，火药可以制作爆竹、烟花以庆节令，同时它们也可以使一片土地上伏尸百万、流血千里。战争需要武器，但武器不只是为战争而生。

在中国上下五千年的历史中，有许许多多的民族在这片广袤的大地上生息繁衍、建立政权以及发生战争。在一场场战争中，有的人成为英雄，有的人失去生命，更多的人流离失所，甚至成为新政权的子民。在硝烟之下，民族与民族的交往能否以和平的方式进行？这是历史留给我们的一道思考题。

诗经·小雅·采薇（节选）

[先秦] 佚名

昔我往矣，杨柳依依。今我来思，雨雪霏霏。行道迟迟，载渴载饥。我心伤悲，莫知我哀。

《采薇》一诗描述了将士们远征猃狁族后回乡的所见所感。当初离开的时候还是杨柳依依的春天，如今归来却是雨雪纷纷。道路泥泞难行，走在路上感到饥寒交迫。征战多年，战士们的身心都已经十分疲惫了，还有一些朝夕相处的战友永远地留在了他乡。想到这里，心里不由得涌起满腔伤感。

从上古炎黄部落大战蚩尤九黎族，到西周时期北征猃狁，再到满蒙铁骑入关南下，中原政权与少数民族的战争一直延续数千年。在这个过程中，各民族不断融合，这才形成现今中国多民族统一的面貌。

杂咏一百首·蒙恬

[南宋] 刘克庄

绝漠功虽大，长城怨亦深。
但知伤地脉，不悟失人心。

秦汉两朝，匈奴一直是边关大患。自秦始皇至东汉和帝，都曾数次派兵出击匈奴，双方势力此消彼长，抗衡数百年。

刘克庄诗中评述了蒙恬抗击匈奴、修建长城两事，认为其功在击退匈奴，但是修筑长城却积怨颇深。在南征百越之前，秦始皇派蒙恬率三十万大军北击匈奴，蒙恬大军势如破竹攻占了河南地（今河套地区）、阳山（内蒙古乌加河以北），并设九原郡管理新地。而后秦朝增修秦、燕、赵等国所筑长城，新建起临洮至辽东的秦长城，以巩固边疆、防范匈奴南侵。

长城作为古代重要的军事防御工程，"却匈奴七百余里，胡人不敢南下而牧马，士不敢弯弓而抱怨"（贾谊《过秦论》），极大地保卫了中原地区的安全。为何刘克庄却说"长城怨亦深"呢？

清朝的词人纳兰性德在随皇帝东巡至山海关时，望见凤凰山上的姜女祠曾感慨道："澄海楼高空极目，望夫石在且留题。六王如梦祖龙非。"（《浣溪沙·姜女祠》）词人借孟姜女的悲惨遭遇表达了与刘克庄相似的看法。

秦始皇修筑长城时，从民间招募大量壮丁。古时生产力落后，长城的修建全靠工人们的双手。此外，边塞农业不兴，缺衣少食，匈奴也时常进犯，累死、饿死、冻死、战死就成了许多人的命运。传说孟姜女的丈夫曾被征去修筑长城，数年之间毫无音讯。有一年冬天格外寒冷，孟姜女见大雪纷飞，担心丈夫在边关无衣御寒，便不远千里地赶到北方为丈夫送去冬衣。她找遍了长城脚下的兵营也没有看到丈夫的身影，问了很多人后才得知丈夫在修长城的时候被埋在了城墙之下，连骸骨也没有找到。孟姜女听后难过地昏倒在长城下，醒来之后摸着冰凉的墙砖悲痛大哭。孟姜女悲惨的经历感动了上天，长城忽然崩裂，露出了她丈夫的白骨。回乡之路遥远艰险，失去了丈夫的孟姜女也没有了独活下去的勇气，于是抱着丈夫的尸骨投海而死，死前发誓道："以我夫妻的尸骨祭奠上苍，让暴秦早早灭亡！"

孟姜女的传奇故事多是后人虚构而来，但在当时的确有数不清的民众因修驰道、凿灵渠、筑长城、征战四方而家破人亡。这是秦朝暴政的苦果，更是战争带来的灾祸。如若是太平盛世，人民便不用再面临"守小家"和"安大国"的抉择。

　　秦末汉初时期，中原内乱、政权衰微给匈奴提供了一个安稳宽松的发展环境，匈奴强大之后数次侵扰北方边境。汉朝时期，高祖吸取秦亡教训，采取休养生息政策来安抚民众，西汉的国力有了明显恢复。文帝在位时，匈奴大举入侵萧关。此时汉朝已有强盛之势，一改防守政策出兵反击匈奴。李广在文帝时因骁勇善战被授予中郎之位，而后在景帝、武帝时多次驻守边关扫平祸乱，被匈奴称为"飞将军"。李广戍守边关期间，匈奴数年不敢进犯。唐朝诗人王昌龄在边关战乱时曾言："但使龙城飞将在，不教胡马度阴山。"（《出塞》）其中借"飞将军"的典故追念李广击退匈奴的功绩，表达了对良将镇守边关、保地方安宁的渴望之心。

　　唐宋两朝，少数民族不断崛起，从部落形态成长为王朝政权，与汉族的冲突范围也不断扩大。军事力量强大是唐朝一个鲜明的特点，通过四方远征和边塞战争，唐朝征服了许多藩国与部族。此外，唐朝对它们实行宽柔政策，设州县、通经济、教文化等管理制度极大地促进了民族融合，彼时四方藩国来朝，唐太宗更是被周边少数民族尊称为"天可汗"。

［唐］阎立本《职贡图》

唐朝时期边塞战争不断，将士连年戍边拓土，由此催生了一大批风格独特的边塞诗，这些以边关生活和边塞风光为题材的诗，多雄浑开阔之气。

从军行七首（其四）

[唐] 王昌龄

青海长云暗雪山，孤城遥望玉门关。

黄沙百战穿金甲，不破楼兰终不还。

青海湖上空长云蔽日，遮得那连绵积雪也是一片黯淡，苍凉的关隘在荒漠中显得异常清冷。金甲可损，生命可抛，但身经百战的将士们戍边报国的初心不改，掷地有声的誓言响彻边关。"七绝圣手"王昌龄在这首诗中不仅描绘了塞外的辽阔孤凉之景，抒发了誓死卫国、扫平边患的情怀，更在激壮的唐音中，对那些不破楼兰终无还的戍卒流露出隐隐的悲凄。

唐朝当时西有吐蕃，北有突厥。王昌龄诗中的"青海"就是唐与吐蕃多次交战之地，而"玉门关"则是唐朝最重要的边防城池之一，其外属突厥势力范围。尾句的"楼兰"是西域的古国之名，楼兰国曾是丝绸之路的必经之地。据《汉书》记载，汉武帝时，曾遣使通大宛国，楼兰王阻路，攻截汉朝使臣。汉昭帝时期，辅政大臣霍光派傅介子赴楼兰，用计斩杀楼兰王。王昌龄在诗中借用楼兰典故表明了将士誓平边患的决心。

除了西北地区边患严重，辽西地区①也是冲突重地。辽西地区地势平坦，水草丰沃，适宜游牧民族生存，分布着奚、契丹、靺鞨、室韦等少数民族。奚、契丹在唐太宗时归附于唐朝，并于两地建立饶乐都督府、松漠都督府。在安史之乱后，唐朝彻底失去了对辽西地区的控制，契丹等族逐渐强大，建立大辽政权。到了宋朝时期，西北羌族的遗支党项族建立西夏，由黑水靺鞨

---

① 辽西地区是指位于辽宁辽河以西与内蒙古、河北接壤的辽宁西部地区。狭义上的辽西地区特指辽西走廊，即从今日的锦州城区到山海关城区之间的一条狭长地带，在交通不便的冷兵器时代因地势平坦而成为兵家必争之地。

族发展而来的女真族建立金朝，边关之乱最终演变成政权相抗。

渔家傲·秋思

[北宋] 范仲淹

塞下秋来风景异，衡阳雁去无留意。四面边声连角起，千嶂里，长烟落日孤城闭。

浊酒一杯家万里，燕然未勒归无计。羌管悠悠霜满地，人不寐，将军白发征夫泪。

党项原属于宋朝的藩属，仁宗年间脱宋自立为"大夏"。后仁宗下诏削去其领袖李元昊的官爵，并出兵讨伐大夏政权。然而事起仓促，将不知兵，兵不知战，以致每战辄败。范仲淹奉调前往西北前线，镇守边境，任陕西经略

[南宋] 陈居中《四羊图》

副使兼延州知州。他任职期间严明纪律、善于用兵，采取"积极防御，屯田久守"的方针，使得西北的军事防务发生了根本性的变化。西夏称其"腹中有数万甲兵"，不敢贸然进犯。脍炙人口的《渔家傲·秋思》一词即作于西北军中，词中既有"长烟落日"的孤寂，又有将军征夫的乡关之思，将对家国的忧与思融合在了一起。

战争往往与生存拴系在一起。少数民族多以游牧为生，逐水草而居，每逢严冬或旱季畜牧难继、牲畜不蕃，便向南侵入汉地，掠夺粮食与土地。将战争冠以生存之名并不能为其增添正义性，胡汉之争给边关的人们带来的苦难远不止《陇头行》中所述的"驱我边人胡中去，散放牛羊食禾黍。去年中国养子孙，今著毡裘学胡语"而已。汉朝丝绸之路的开辟为我们展现了民族交往的另一种选择。

送刘司直赴安西

[唐] 王维

绝域阳关道，胡沙与塞尘。

三春时有雁，万里少行人。

苜蓿随天马，蒲桃逐汉臣。

当令外国惧，不敢觅和亲。

"司直"是唐朝的一种官职名，古人常在诗中以姓氏加官职名来称呼别人以示尊重，就像现代社会里的"张校长""李主任"一样。这位刘司直是王维的好朋友，即将远离长安去遥远的安西都护府[①]任职，王维写下这首诗来为他送行。

过了阳关以后，就远离了中原地区的繁华，西域的环境十分恶劣，烟尘弥漫，寂寞荒凉。阳春三月正是草长莺飞的时候，然而在那里却只能见到偶

---

① 安西都护府在今天的新疆地区，是唐代设立在边关地区管理西域事务的一个地方机构。

尔飞过的孤雁，迢迢万里路罕见人烟。因路途艰险，诗人担心好友的安危，但是也希望刘司直能够在安西建功立业，创造出像李广、张骞那般的功绩。

"苜蓿随天马，蒲桃逐汉臣"一句分别引用了李广和张骞的典故。西汉时期，西北边境等地的游牧民族擅长在马背上作战，汉朝的将士虽骁勇，但是战马总不敌西域各国。有一次，汉武帝得到一匹乌孙国培育出的良种马，欣喜之下赐名为"天马"，意指它奔跑时能像神话中生双翅的天马一样轻盈迅速，飞驰疆野。后来汉武帝听说大宛国有一种马能日行千里，这种马才真正是天马的后代，连流出来的汗水都是神奇的红色，因此被称作"汗血宝马"。

汉武帝为了得到这种马，将金子铸造成骏马的模样，派大使带着去与大宛国交易。没想到大宛国的国王不仅拒绝卖马，还杀死了汉朝的使臣。汉武帝听闻之后极其愤怒，于是派李广出征大宛，破城之后夺回三千匹汗血宝马。汉武帝见此马比乌孙的天马更为高大俊逸，便将"天马"的美称赐给汗血宝马，改称乌孙的马为"西极马"。

从大宛到长安路途遥远且途经沙漠，为了保证汗血马不饿肚子，李广带马回程时携带大量的苜蓿做草料。得知天马喜欢吃苜蓿后，汉武帝特命人在都城郊外大量种植苜蓿来饲养天马。

起初人们还悄悄埋怨皇帝为了一匹马兴师动众，后来却发现苜蓿长得又

［元］赵孟頫《百马图卷》（局部）

快又茂盛，不仅天马爱吃这种草料，其他牲畜也非常喜欢吃。更令人欣喜的是，用苜蓿饲养出来的马匹等牲畜格外健壮。于是，苜蓿渐渐从一种外来的稀罕物变成了当时最常见的牧草。

诗中还提到一种从西域来的"蒲桃"，也就是我们日常所吃的"葡萄"。塞外土地贫瘠，庄稼长势不好，但是阳光充足，种出来的水果格外甜，葡萄就是西域最常见的一种水果。

葡萄来到中原的故事应从诗中"汉臣"张骞说起。汉武帝面对匈奴作乱，曾派大臣张骞出使西域，想要联合大月氏国一同攻打匈奴，但不料张骞中途被匈奴俘虏。匈奴将他囚禁十年，其间多次派大臣劝说或恐吓，都没有起到效果。

匈奴为了拉拢张骞，便给他娶了一位匈奴的妻子，希望他能够顾及妻儿为匈奴效力。多年之后匈奴放松了警惕，张骞便在一次兵士酒醉时趁机逃走，长途跋涉后终于来到了大月氏国。

在这十年间，大月氏数次兵败于匈奴，被迫西迁数次，终于找到了一片水土相对茂盛的地方。在那里，人民逐渐适应了农耕的生活，也不愿再陷入游牧战争之中。张骞在大月氏国停居了一年，仍没有说服大月氏国王抗击匈奴，无奈之下返还汉朝。

张骞在回汉途中再次被匈奴发现，匈奴骑兵又将他掳回兵营。在匈奴的严加看管之下，张骞始终没找到机会逃回汉地。三年之后，匈奴王去世，匈奴内部爆发了争夺王位的内乱，张骞这才带领妻儿回到了故土。

在这十三年里，张骞从未放弃回汉的希望。为此，他学习了匈奴语，悄悄打探进出西域的通道，对当地各国的习俗也十分了解。逃回汉朝之后，张骞向汉武帝禀明在西域的所见所闻。因其对西域各国了解透彻，汉武帝派他随卫青等人出征西域，张骞立下许多功劳，被汉武帝封为"博望侯"。

随着征服的游牧民族越来越多，如何管理这些民族就成了汉朝面临的一个大问题。张骞根据自己对西域国家的了解，向汉武帝建议说："这些民族以游牧为生，到了冬天牧草枯死，牲畜没有东西吃，只能向南侵袭来掠夺边关地区的财物和粮食。如果在边关地区开放贸易，并教他们种植之道，双方百姓都能安居乐业，一定能缓解战争冲突。"

汉武帝采纳了张骞的建议，并派他多次出使西域，加强同各民族的友好往来，开辟出一条以长安（今西安）为起点，经甘肃、新疆，到中亚、西亚，并连接地中海各国的陆上通道。在这条路上，中原地区的丝绸、茶叶、粮食等物传到了西域，西域的葡萄、石榴、菠菜等果蔬和琵琶等乐器也传入中国，往来之间，沟通了中原内外的经济和文化。中国的丝绸因最受欢迎而成为路上的常客，这条路被西域称为"丝绸之路"。

战争促进了民族融合，战争给边塞带来了文明之风，也使异域的美酒、音乐与风情传入了中原。"丝绸之路"向我们证明：无须流血与悲痛，人们想通过战争得到的，能够通过更和平、更文明的方式实现。

［明］佚名《丝路山水地图》中的瓜州

追问人从哪里来的时候，先民们撰述出"女娲造人"的故事；当洪水灾难来临时，他们相信是人类的母亲女娲拯救了人间。在氏族社会的初始阶段，人们生活在母亲的庇佑下，靠母系血缘来维系组织关系。在封建社会漫长的战争史中，女性也许鲜有征战沙场保家卫国的机会，但她们也从未缺席。

题木兰庙

〔唐〕杜牧

弯弓征战作男儿，梦里曾经与画眉。

几度思归还把酒，拂云堆上祝明妃。

杜牧在《题木兰庙》一诗中讲述了两位传奇女子的故事："花木兰替父从军"和"昭君出塞"，追念了二人舍生取义、解国家急难的功绩。

据《魏书》记载，北魏时期柔然族不断南侵，官府从民间抽调大量的男丁出征，但木兰的父亲年事已高，家中弟弟年幼无法上战场，木兰决定女扮男装代父出征。"万里赴戎机，关山度若飞。朔气传金柝，寒光照铁衣。将军百战死，壮士十年归。"（《木兰诗》）木兰征战疆场，立下汗马功劳，丝毫不输男儿，她的故事被后世改编成戏剧、电影等，流传至今。

王昭君的报国之路不同于木兰，她以和亲的方式维系了汉朝和匈奴的和平。昭君是汉元帝时期入宫的秀女，生得极为貌美，与貂蝉、西施、杨玉环并称"中国古代四大美女"。相传昭君入宫以后，因没有贿赂画师毛延寿而被他故意画丑，当时的皇帝依靠画像来召见妃子，这样一

［明］仇英《人物故事图》（明妃出塞部分）

来，昭君在宫里很多年都没能见到皇帝。

　　昭君不愿意枯老在宫中，听闻单于求亲后就自请和亲，等到出京的那一天，汉元帝才知道她有着惊为天人的美貌。昭君嫁与匈奴单于后生下一子，三年之后单于去世，昭君向元帝请求回汉，但是没被允许。而是依照匈奴风俗嫁给新王，之后又生下两个女儿。昭君在匈奴生活期间，两国以姻亲相称，极少起冲突，维系了两国和平。戎昱在《咏史》一诗中说："社稷依明主，安危托妇人。"和亲女性的人生必然充满孤独、忍耐甚至是屈辱，她们期待能以自己的婚姻为牺牲换来两国和平，她们有的像昭君一般幸运，能够被历史铭记，有的则永远被掩埋在异乡的风沙之下。

"和亲不用武，教子作儒生。"（陆游《老将效唐人体》）那些有名或无名的女性，她们忍辱负重，以联姻换取两国和平，她们同功勋卓著的将相一样，都值得后世追仰崇敬。

娘子关偶成

［明］王世贞

夫人城北走降氏^①，娘子关前高义旗。

今日关头成独笑，可无巾帼赠男儿。

在封建父权社会中，女性从政被看作是"牝鸡司晨"，战场更是女性的禁地，这也是为什么木兰从军时必须以男儿身份出征。

王世贞站在娘子关上，想起当年平阳公主建立义军占守关头的英勇事迹，写下了《娘子关偶成》一诗。诗中叙述的"巾帼英雄"平阳公主在这片"禁地"中创建出一支"娘子军"，她统率七万战士为唐朝开国立下卓著功勋，去世后破例以军礼安葬，得谥号"昭"，后人因此也称她为平阳昭公主。

平阳昭公主是唐高祖李渊的女儿。当时李渊在晋阳准备策兵反隋，平阳公主回到关中为父兄提供后方支持，她变卖家中的产业招兵买马，装扮成男子结交各路豪杰，同时还赈济灾民笼络人心，很快就招募到一支数万人的起义军。这支起义军由平阳公主亲自统领，军纪严明，对百姓秋毫无犯，一路征战下来得到了很多民众的拥护。老百姓将平阳公主称为"李娘子"，将她率领的这支军队称为"娘子军"。当时关中还有许多反隋的散军，有的是丧失田地无以为生的流民，有的是山中的土匪强盗，他们听闻平阳公主治军有方、善待军士，便纷纷投靠到平阳公主麾下，这支军队逐渐壮大到七万余人。

平阳公主带领这支军队驻扎在长城的苇泽关处，占据了中原和关中沟通

---

①氏：古代的少数民族名。

的咽喉，为李渊起兵解决了一部分后顾之忧。唐朝建立之后，李渊将这七万军士收编，为了表彰公主的战功，沿用民间的称呼将其命名为"娘子军"，苇泽关也改称为"娘子关"。

"今日关头成独笑，可无巾帼赠男儿。"诗中"巾帼"原本指的是古代妇女的头巾和发饰，后来"巾帼"成了女子的代称。诗人在此引用了诸葛亮赠巾帼给司马懿的典故：相传三国时期诸葛亮曾带兵攻打魏国，与司马懿的大军在渭南地区对峙。蜀军长途奔袭，消耗了大量的粮草，诸葛亮知晓此时一定要速战速决才能取胜，因此主动向司马懿下战书。但司马懿每次都闭守城门拒不应战，想要等对方军粮耗尽、士气低迷之时再出兵。诸葛亮便想了一个办法故意激怒司马懿，他派人给司马懿送去女子的巾帼，讽刺他如妇女一样胆小畏缩，司马懿羞愤之下果然请求出战，后来在魏明帝的阻拦下才没有鲁莽出兵。

在王世贞看来，占据娘子关的平阳公主要比当年的诸葛亮还要威风。诸葛亮与司马懿率领的两军对峙难下，而平阳公主的娘子军独自占据一关，连一个能攻打上来的对手都没有，更不用拿出巾帼来羞辱敌军。

平阳公主去世后，高祖想用鼓吹之乐来为她送行，但是一众大臣都提出异议，主张以军礼安葬女子之举不合礼制，高祖反驳道："平阳公主带兵打仗，奠定大唐的基业，有建国之功，享有国葬军乐的待遇有何不可？"

织妇词（节选）

［唐］元稹

织妇何太忙，蚕经三卧[①]行欲老。

蚕神女圣早成丝，今年丝税抽征早。

早征非是官人恶，去岁官家事戎索[②]。

征人战苦束刀疮，主将勋高换罗幕。

---

① 三卧：蚕在生长的过程中会经历三次蜕皮，其间蚕不吃不动进入休眠时期，休眠一次为一卧，三卧之后即将吐丝结茧。

② 戎：古代对西部地区少数民族的称呼。

在男尊女卑的封建社会里，战场往往是男子的天下，像平阳公主一般的女将军少之又少，更多的妇女留守在后方，像元稹诗中的织妇一样独自挑起生活的重担。织妇们因官府提前征收丝税忙碌不已，期盼蚕神能够让蚕早早吐丝结茧，她们如此辛苦却不抱怨官府剥削，而是深明大义地说道："布帛送到战场上可以给受伤的将士包扎伤口，绫罗绸缎可以赏赐给立下战功的将军。"

战争时期，官府从民间招募大量征夫赶赴战场，留在家中的劳动力就减少了，但是每家每户的赋税仍需要如数缴纳，且战乱时期的赋税要比平常时候征收得更频繁。种田、纺织、照顾老幼，这些任务都落到了妇女的身上。元稹诗中的织妇只是当时女性的一个缩影，她们守着家庭操持生活，面对官家的命令毫无怨言，将辛勤的劳动换成赋税和军需，维持着社会的有序运转。

春怨

[唐] 金昌绪

打起黄莺儿，莫教枝上啼。

啼时惊妾梦，不得到辽西。

唐朝时期，连年的战争造就了建功立业的勇士，催生了雄浑豪放的边塞诗，也催生了愁肠百结的思妇诗。每逢战争爆发、国家用兵的时候，大批的征夫被调去戍守边关，家中就留下了许多的戍妇。生活的艰辛尚可忍受，最难忍受的是分离的痛苦和对丈夫、儿子的担忧。她们时常会与邻家妇女谈起远在边关的家人，会在缝制寒衣时一并缝入她们的思念。然而这些戍妇的情感从某种程度上来说是缄默的，于是诗人们揣摩着戍妇的心思，模仿着她们的口吻，代她们抒发心中的情感，形成了我们今天所见的思妇诗词。

《春怨》一反传统思妇诗中的愁怨之气，截取了一个饶有趣味的生活场景来突出戍妇对丈夫的思念。黄莺儿在明媚的春光中婉转啼鸣，一位少妇非但不喜欢这悦耳的鸟鸣声，还拿起竹竿要赶跑树上的黄莺。原来，她的丈夫在遥远的辽西服兵役，已经很久没有回家了，二人只有在梦中才能短暂相见，

正当她走过千山万水要见到丈夫时，却被窗外的黄莺啼声惊醒，不由得感到一阵失望懊恼，只能将气都撒在无辜的鸟儿身上。

有战争就有伤亡，那些能等到丈夫凯旋的妇人是何其幸运。金昌绪诗中"打起黄莺儿"的女子或许永远只能在梦中见到辽西的丈夫。"可怜无定河边骨，犹是春闺梦里人。"（陈陶《陇西行四首·其二》）正如陈陶诗中所写，将士们为扫平外患奋不顾身，无定河边战死的累累白骨都是妇人们日夜思念的人啊！

杜甫的《新婚别》中记述了一对夫妇新婚后就分别的故事，我们能从诗中略微看到一位平凡戍妇的心路历程。

新婚别（节选）

[唐] 杜甫

君今往死地，沉痛迫中肠。
誓欲随君去，形势反苍黄。
勿为新婚念，努力事戎行。
妇人在军中，兵气恐不扬。

[清]王学浩《弄莺图》

妻子还未体会到新婚的甜蜜

与快乐，就要面临分别的悲伤，况且丈夫的这次远行还是去往战场。一想到他的性命即将陷于危险之中，妻子愁肠百结，但也只能将担忧和难过都藏在自己的心里。她也想要追随丈夫到军营沙场，但是战事紧急、局势多变，只能擦干眼泪鼓励丈夫道："不要为新婚分离而难过，要在战场上多杀敌、为家国大事多努力，等你平安归来后我们就能过上安宁的生活了！"

在和平的日子里，人民安居乐业，男人们做一个勤恳的农夫，做一个普通的丈夫。等到战争来临的时候，他们不得不放下锄头或者笔墨，拿起刀戟上阵杀敌。为了国家的安宁，妇人们默默忍受分离的苦痛，照顾好年迈的父母和家中的幼子，让征战沙场的战士无须为家庭担忧。她们白日耕作，夜间纺织，前线的将士才能有饭吃、有衣穿。

战争题材的诗词中，不仅有对男性的壮歌，更有对女性的赞歌！当然，没有人向往战争。让无定河边长满茵茵绿草而不是堆满森森白骨，让人人都能安于其业、追逐理想而不是必须背井离乡走上战场，这正是我们追求和平的意义所在。

第四章

治国有常

秦始皇统一中国之后，需要管理原先七国疆域内的土地和人民，政务也陡然变得格外繁重。他在中央创建出一支新的治政队伍，变革地方行政制度和选官制度，以维护新生的大一统政权。

　　从"试问李斯长叹后，谁牵黄犬出东门"（秦观《次韵太守向公登楼眺望二首》其一）到"独坐黄昏谁是伴，紫薇花对紫微郎"（白居易《紫薇花》），从汉朝的"三公九卿制"到唐朝的"三省六部制"，中央官制多有变革，但其中分权与制衡的思想始终相结合。中央的要臣身前享有无上的荣光，身后却跟随着受猜忌、受排挤的阴影。李斯任秦朝两代丞相，位列"三公之一"，从扫平六合，到建设中央集权国家，均能看见他的身影，最终却失君心而无善终。白居易入值中书省，沉闷的政治氛围使其愁思转结，当值于权力中枢也觉"清闲"。

　　当西周时期"大邦维屏，大宗维翰，怀德维宁，宗子维城"（《诗经·大雅·生民之什·板》）的分封制解体之后，郡县制、郡国制、行省制等地方行政制度依次登上政治舞台。依靠血缘关系维系的政治体制被打破，随之而来的是选官制度的变革。从"当年万里觅封侯，匹马戍梁州"（陆游《诉衷情》）到"秦地少年多酿酒，已将春色入关来"（杜甫《及第后寄长安故人》），我们清晰地看见了"奖励军功授爵位"以及"科举制"的到来，皇帝将选官的权力收归中央，希以网罗天下人才。旧时王谢堂前的燕子，也渐渐地飞入寻常百姓人家。

中国的历史是一部充满斗争的历史：腐朽的政权里催生出新的力量，然后新朝推翻旧朝收拾河山疮痍；少数民族的骑兵望着汉家兵营，在长城脚下进退徘徊数千年；在朝廷内部，君臣的关系也十分微妙，时常呈现出此消彼长之势，历朝皇帝不断用"分权"和"制衡"的方式瓦解重臣权势，用纲常伦理来维护天子的地位，终于在明清之际将君主专制推向了顶峰。

次韵太守向公登楼眺望二首（其二）

[北宋] 秦观

庖烟起处认孤村，天色清寒不见痕。

车辋湖边梅溅泪，壶公祠畔月销魂。

封疆尽是春秋国，庙食多怀将相恩。

试问李斯长叹后，谁牵黄犬出东门。

此诗作于秦观任蔡州教官之时。蔡州治所位于人杰地灵的汝南，当地的太守向宗回听闻秦观才华横溢，多次请他撰写州内的祭祀之文，秦观也因此熟悉了蔡州的人文历史。向宗回登城远眺之时写下两首七言诗，秦观也写了次韵两首以作回应。

秦观从眼前之景写起，彼时水患虽已平息，四野仍是一片萧条孤寂之色。车辋湖、壶公祠原本都是名胜之地，盛开的梅花和清亮的月光吸引过无数的游人，但是在今夜，它们都沾染了诗人的忧民之心，显得分外凄清悲凉。极目望去，萧瑟之中仍留有点点亮光，那是汝南人民为先贤们修建的座座庙宇。汝南在春秋时期就已封疆建城，历朝历代名人辈出，其间有施恩于民的贤人，也有李斯这般

［南宋］朱光普《江亭晚眺图》

令人叹息不已的大人物。

　　李斯任秦两朝丞相，却在两任间显现出截然不同的为政风格。秦始皇杀伐果决，奉行强硬的执政手段，李斯辅佐他扫平六国，并提出以禁私学、废儒学以及整理文字等措施来建设中央集权国家，奠定了大一统国家的统治基础。秦始皇东巡时在沙丘（今河北邢台）病逝，丞相李斯与宦臣赵高合谋篡改诏书，立胡亥为帝，并假传圣旨赐死本该即帝位的公子扶苏，蒙恬等大臣因拥护扶苏也被陷害赐死。秦二世继位以后，光顾着享乐，不务正事，朝政之权就落在了李斯和赵高的手中，面对臣子的不满和质疑，赵高怂恿二世执行严刑峻法来压制怨言，之后再用自己的亲信来替换这些大臣的职位。

　　此时，李斯见天下隐隐约约有民众作乱的迹象，试图劝谏二世暂停修建阿房宫，减少农民的赋税徭役，但是始终找不到机会面见秦二世。赵高见状，故意在二世寻欢作乐的时候宣见李斯，二世因此愈发地厌恶李斯，最终以谋反之名将他腰斩，连诛三族。李斯临死前悔恨不已，对儿子感叹道："多希望能像以前那样，我们一同牵着黄狗、带上苍鹰去东门外捕猎逐兔，可是以后再也没有机会了。"说完父子相对哭泣。后"东门黄犬"也成为一个典故，用来形容为官遭受陷害之祸，以及没有及时抽身的悔恨之情。

秦观作此诗，既是抒发心中的忧民之思，也是为了劝勉太守向宗回。古代的王侯将相至今能享有庙食祭祀，其原因在于爱民如子、施恩于民。李斯虽官至丞相，手握重权，但最终落得一个连诛三族的结局。两相对比之下，为官之道不言而喻。

"由来君臣间，宠辱在朝暮。"帝王的宠辱看似能决定臣子的生死，但其实皇帝与大臣之间并非是绝对压制的状态，如秦二世因个人喜恶斩杀权臣李斯，却被奸臣赵高蒙蔽，留下"指鹿为马"的荒唐故事。权力需要制衡才能维持稳定，皇权过盛容易出现昏庸之帝，反之则会出现权臣专政、设傀儡皇帝的状况。因此，君主专制的加强经历了一个漫长而又缓慢的过程。

紫薇花

[唐] 白居易

丝纶阁下文书静，钟鼓楼中刻漏长。
独坐黄昏谁是伴，紫薇花对紫微郎。

唐朝时期采取"分权"的方法来加强君主专制。唐朝在中央设立"三省六部制"，中书、门下、尚书三省分别负责决策、审议和执行，其中"尚书省"之下总领六部"吏部、户部、礼部、兵部、刑部、工部"。"中书省"曾在开元年间改名为"紫薇省"，院内遍植紫薇花，因此后世多以"紫薇省"或"紫薇花""紫薇郎"等称谓来表示身居高位或受皇帝重用。

备受皇帝青睐重用的"紫薇郎"原应是踌躇满志、经邦济世，如今却被"困"在丝纶阁、钟鼓楼中，百无聊赖地数着钟漏声，陪伴在侧的只有丛丛紫薇花。权力中枢的清闲与枯燥不仅仅是诗人的工作感受，也是对当时政治氛围的反映。当朝政不振之时，权臣总揽大权，皇帝耽于享乐，三省自然也落得"清闲"。

唐代"三省六部制"中的三省长官均为宰相，由此将秦朝时期的丞相之权一分为三，彼此制衡，三省长官直接受命于皇帝，使得君主专制进一步加强。这也就意味着朝政的稳定更多地依赖帝王的贤明决策，一个手握国家命脉的昏君极有可能会带来亡国的风险。

唐玄宗在位前期励精图治，唐朝迎来了开元盛世，但其晚年时期追求酒色享乐，痴迷于长生之道，任用有口蜜腹剑之名的李林甫为相，更是宠信外戚杨国忠、宦官高力士等人，导致朝政愈发混乱。

《太平广记》中记载了杨国忠专权乱政之事。杨国忠任右相的时候兼任吏部尚书之职，负责东西二京选官之事。按唐朝规定，初入选的官员须在兵、吏二部登记，之后将名单送至门下省审核，通过之后才能就职。杨国忠在选官之日将候选人员都聚集到院子里，杨贵妃的姊妹虢国夫人、韩国夫人隔着帘子一同观看，进而指名嘲笑其中的老弱之人和面貌丑陋者，即使是读书人、士大夫也会遭她们耻笑。杨国忠还将左相陈希烈直接请到堂上，请他当众过目入选名单，不再将名册呈送门下审核，入选的人可以直接做官。

元代宰相张珪曾评论说："国之安危，在乎论相。昔唐玄宗，前用姚崇、

［唐］张萱《虢国夫人游春图》（宋摹本）

宋璟则治，后用李林甫、杨国忠，几致亡国。[①]"安禄山、史思明于此政朽军衰之际发动叛变，八年战乱使唐朝国力大衰，"安史之乱"也成为唐朝盛衰之间的转折点。

宋朝沿袭唐朝"分权"思路，在"三省六部制"的基础上改制为"二府三司"：中书门下合为一省，其长官为宰相，主行政大权；增设枢密院主管军政；设三司主管财政。如是，宋朝的政务、军务、财政三权分立制衡，总握于皇帝手中。此外皇帝还赋重权于御史台以监察、弹劾百官，御史台的长官由皇帝直接任命，且不受丞相等大臣的干涉。御史本应为皇帝所用，职在肃清纲纪，然而宋朝也出现过谏官之笔舌为权臣所用的状况，"乌台诗案"即是一例。

神宗年间，王安石曾主持变法，苏轼因与他政见不合而受排挤，自请担任地方官，流转杭州、密州、徐州、湖州、知州等多地。在职期间，苏轼发现新法推行中有诸多弊端，如"青苗法"将粮食贷给农民能够缓解他们的一时之急，但是极易给地方官贪财的机会，利息过高反而加重了农民的负担。苏轼将自己的不满写入诗中，并讽刺了借变法之机攀附权贵之人，结果引起朝中诸多人记恨，他们与御史合谋弹劾苏轼作诗文诽谤朝政、有逆反之心，而后苏轼被捕下狱。御史台多种柏树，其上多乌鸦栖息，故御史台也被称作"乌台"或"柏台"，故苏轼此事史称"乌台诗案"。

苏轼受监之时，曾写诗予其弟苏辙，言狱中经历，曰："予以事系御史台狱，狱吏稍见侵，自度不能堪，死狱中，不得一别子由，故和二诗授狱卒梁成，以遗子由。"（苏轼《狱中寄子由》）

---

① ［清］柯劭忞《新元史：列传第三十六》。

狱中寄子由（其二）

[北宋] 苏轼

圣主如天万物春，小臣愚暗自亡身。

百年未满先偿债，十口无归更累人。

是处青山可埋骨，他年夜雨独伤神。

与君世世为兄弟，更结人间未了因。

　　明朝时期，朱元璋见历朝丞相专权之乱不绝，于是直接废除丞相，权分六部，但是如此一来，皇帝的政务负担大大加重，时常夜以继日也处理不完当日的奏折，于是朱元璋从朝中选取一些大臣为殿阁大学士，帮助他来处理政务，而这些大学士并无决策权，大事仍交给朱元璋决断。等到明成祖朱棣在位时，将殿阁大学士迁入宫中的文渊阁，随时辅助皇帝处理政务，殿阁大学士拥有了一部分的决策权。

　　此后，内阁权力日益上升，手持决策权的首辅俨若唐宋时期的丞相。嘉靖年间严嵩辅政，把持内阁政权十五年之久，任职期间残害忠臣，贪赃枉法，致使朝堂极度混乱，严嵩也因此被记入《明史》的"奸臣传"中。

　　相传严嵩极爱丹青，听闻员外郎王振斋处藏有《清明上河图》，于是派

[北宋] 张择端《清明上河图》（局部）

蓟门总督王忏向王振斋求购，但王氏不舍交出此画，又恐于严嵩权势，便以临摹之作奉上。严嵩发现后将其关押，逼问真迹下落，最后又从王振斋舅舅手中夺得此画。其后王振斋死于狱中，而王忏也因知悉内幕被严嵩借故杀害。

述怀（节选）

[明] 张居正

永愿谢尘累，闲居养营魂，
百年贵有适，贵贱宁足论。

与严嵩形成鲜明对比的是首辅张居正。明神宗即位时才九岁大，张居正在此时担任首辅，实际上承担了治国的重任。张居正十年任职期间，厉行改革之策，促使明朝迎来了"万历中兴"，死后追封上柱国①，谥号文忠。但是在严嵩执政期间，张居正并不受重用，曾作《述怀》一诗来表达对严嵩乱政的不满以及对朝廷的失望，甚至生发出归隐之愿。

清朝在建设中央政权之时参考明制，设内阁与六部，但军国机要由清朝贵族组成的议政王大臣会议决断。议政王大臣会议权力极大，会上决定之事皇帝也无权更改，皇权因此受到很大的牵制。康熙帝继位以后，选翰林院学士入值南书房，以陪同皇帝吟诗作画为由，辅助皇帝决策国事，以此分散议政王大臣会议之权力。雍正勤政以后，在宫内设置军机处，钦定大臣每日入宫，按皇帝旨意拟定诏令并传达至各部门。至此，国家的军政大权从制度上来说已经完全集中在皇帝手中了。当时诸学士以能入南书房辅政为荣。

自秦朝至清朝，历代帝王都希望通过完善制度的方式加强王权、制衡权臣，然而历朝历代都会出现皇权旁落的状况。君主专制像是一项极其冒险但又极具吸引力的政治实验，而千年的历史为我们揭晓了实验答案，一个人的专制就像行船于海上，永不可能抵抗住所有的政治风浪。

---

① 上柱国原是春秋战国时期所设官职名称，为军队最高统帅，后逐渐演变成功勋的指称。

可怜列国奔驰苦：行政区划与封建割据

中国疆域辽阔，地理环境复杂，历朝统治者都需要慎重考虑一个问题：如何居于朝堂之上便能掌控四野之事？《周礼·天官》中载："惟王建国，辨方正位，体国经野，设官分职，以为民极。"天子于是在地方上划设政府，选派官员代行管理之权。有权力就会有博弈，因此，从夏商周到明清，历朝政府都在不断调整地方行政制度，力图寻找到一个地方治理平衡点，即在削弱地方权力的同时实现最安宁有效的治理。

周幽王烽火戏诸侯[①]

良夜颐宫奏管簧，无端烽火烛穹苍。

可怜列国奔驰苦，止博褒妃笑一场。

《东周列国志》中，冯梦龙以此诗评述"周幽王烽火戏诸侯"一事。幽王是周代的一位昏君，后世常将其亡国的罪过和他的宠妃褒姒相连。相传，褒姒生得极为貌美，但进宫之后从来不笑，周幽王为讨其欢心想尽办法，都没有成效。有一天，王城周边发生叛乱，幽王命人点燃烽火台召集诸侯前来保卫都城，褒姒站在高楼上看见兵马前来烟尘四起的样子觉得很有趣，不由笑出声来，幽王见了大喜，连围城的灾祸都忘记了。后来幽王多次点燃烽火诓骗诸侯奔来，时间久了诸侯也不相信烽火信号了。等到犬戎[②]真正攻来时，幽王被围困在镐京，再也没有人来救他

---

① ［明］冯梦龙《东周列国志》第二回《褒人赎罪献美女 幽王烽火戏诸侯》：髯翁有诗，单咏"烽火戏诸侯"之事。诗曰：良夜颐宫奏管簧，无端烽火烛穹苍。可怜列国奔驰苦，止博褒妃笑一场。

② 犬戎：古代部落名，又名猃狁，居于今陕、甘一带，都城位于今甘肃省静宁县威戎镇。

了，最后被犬戎军杀死于骊山之下。

烽火戏诸侯的故事不仅记叙了幽王的昏庸，还从侧面反映出当时一项重要的政治制度——分封制。

在分封制下，诸侯在各自的封地内带领人民开垦土地、发展经济、开发周朝边远地区，而周天子只需控制诸侯就能实现对全国的统治。但是到了西周末年，诸侯国已逐渐强大，天子权威渐趋衰落。到了春秋战国时期，各国纷纷独立，彻底脱离周王室的控制，西周初年以"众星拱月"为格局的分封制走向解体。

秦始皇统一中国后，丞相王绾提议在远离咸阳的燕、齐、荆等地设方国，任王室宗亲为诸侯王进行管理，此提议也得到了诸多大臣的认同。李斯却认为，分封制下诸侯王会拥兵自重，不服从天子命令，诸侯之间相互征伐，致使东周时期混战百年。因此他建议将天下划分为郡县，派贤能的臣子前去治理，将各地直接纳入中央政权管辖。秦始皇采纳了李斯的建议，于是"分天下以为三十六郡[①]"，并设郡守、郡尉、郡监等官职管理[②]。

秦朝实行郡县制后，皇帝任命德才兼备之人为郡守，如果郡守因渎职被罢免或退休还乡，其继任人选也是由皇帝决定。这样，就解除了地方分封割据势力对中央政权的威胁，从理论上来说几乎杜绝了地方上"家天下"局面的出现。

郡县制奠定了我国行政区划的基础，至今许多地名还保留着秦朝郡县的痕迹，如四川、重庆被合称为"巴蜀"，在秦朝时期二地分设"巴郡"和"蜀

---

① 《史记》中载："分天下以为三十六郡"但未列出郡名；裴骃《史记集解》中载："三十六郡者，三川、河东、南阳、南郡、九江、鄣郡、会稽、颍川、砀郡、泗水、薛郡、东郡、琅邪、齐郡、上谷、渔阳、右北平、辽西、辽东、代郡、巨鹿、邯郸、上党、太原、云中、九原、雁门、上郡、陇西、北地、汉中、巴郡、蜀郡、黔中、长沙凡三十五，与内史为三十六郡。"
② ［北宋］苏轼《秦废封建》。

郡"，我们今天的地名九江、太原、长沙①等在秦朝都是郡的名字。

过新丰

[唐] 温庭筠

一剑乘时帝业成，沛中乡里到咸京。

寰区已作皇居贵，风月犹含白社情。

泗水旧亭春草遍，千门遗瓦古苔生。

至今留得离家恨，鸡犬相闻落照明。

温庭筠诗曰"沛中乡里到咸京""泗水旧亭春草遍"，诗中的"沛中""泗水"即是刘邦的故乡泗水郡沛县，当时刘邦任泗水亭长，后于沛县起兵反抗秦朝统治，刘邦"沛公"之名号也是来源于此。

泗水亭早已遍生野草，但起义的故事仍旧流传。秦朝暴政及官民矛盾的激化终于引起了民众的反抗，农民纷纷加入起义大军。"大泽乡起义"揭开了秦末农民起义的序幕。"大泽乡起义"又称"陈胜吴广起义"，是中国历史上第一次大规模的平民起义。领导者陈胜、吴广出身于底层，他们迅速赢得了贫苦百姓的拥护，集结成一支战斗力极强的农民军，在大泽乡重创秦军。"苦秦久矣"的平民听闻陈胜自立为王的消息之后也纷纷响应，攻入当地府衙，县官或死或逃，起义军节节胜利。

刘邦原为泗水亭长，当时也率领三千子弟响应起义军，攻占沛县自称沛公，之后投奔项梁领导的楚军。楚军一路势如破竹，顺利攻入关中，推翻了秦朝的统治。

陈胜与刘邦的相似之处在于，他们都出身低微却心怀宏志。陈胜年少时

---

① 三郡秦时辖境范围：

　　九江：今安徽、河南淮河以南，湖北黄冈以东和江西省大部分地区；

　　太原：今山西省五台山和管涔山南部一带、霍山北部一带地区；

　　长沙：以今长沙地区为中心，涵盖了今湖南大部分地区，北起洞庭，南逾五岭，东邻鄱阳湖西岸和罗霄山脉，西接沅水流域。

［元］倪瓒《林亭远岫图》（局部）

只是地主家被雇用于耕田的短工，劳作的间歇他对同伴感慨道："苟富贵，勿相忘。"众人嘲笑他只是一个奴仆，哪里来的富贵呢？陈胜长叹一声，说："燕雀安知鸿鹄之志哉！"刘邦曾经在咸阳碰见始皇巡游，仪仗绵延数里，十分威风，刘邦心生羡慕，感叹道："嗟乎，大丈夫当如此也！"

　　陈胜、刘邦能从一介小吏"翻飞入帝乡"（刘希夷《钱李秀才赴举》），一部分原因也是郡县制。在分封制下，官爵依靠血缘世袭，阶层趋近于固化，平民几无称王称帝的可能。而在郡县制下，地缘关系取代血缘关系，在一定程度上打通了阶级上升的渠道。郡县制在客观上为起义成功提供了可能。郡县制下地方官员须对上级负责，而于地方百姓而言，郡守更像是一任流官。因此，许多地方官员上任后往往只顾短期效益，或大肆敛财以饱私囊，或大兴土木以修政绩。再加上天高皇帝远，地方上极其容易滋生贪腐现象，官民矛盾也日益激化。此外，由于郡县制将地方权力收归中央，地方发生叛乱难以靠郡县力量平定。秦朝末年农民起义爆发时，诸多郡县一击即破，一重因素是民怨沸腾难平，另一重因素即地方权力的衰弱。

刘邦建立汉朝之后，汲取秦末农民起义的教训，实行郡国并行制，即大部分地区沿袭秦之郡县制，与此同时分封功臣为诸侯王，以防地方叛乱时无兵可用。吕后在位时为避免皇子争夺帝权，将其分封至京外为王，此外还予外戚诸侯之位。到了汉文帝时期，诸侯王势力膨胀，时时都有谋反的可能。

景帝执政时期拟采纳晁错的建议，削减各国封地面积，遭到诸侯王反对，其中吴王刘濞就联合楚王刘戊、赵王刘遂等七国宗亲以"清君侧，诛晁错"为名发起叛乱，史称"七国之乱"。"清君侧"指清除君主身旁的奸佞臣子，原是正义之举，此后时常成为起兵叛乱的名目。

有感二首（其二）（节选）

[唐] 李商隐

古有清君侧，今非乏老成。

素心虽未易，此举太无名。

唐朝后期，宦官仇士良专权，文宗不愿受其挟制，便联合宰相李训、节度使郑注，拟以观看石榴树上的"甘露"为名，将大宦官仇士良骗至禁卫军后院诛杀，不料被仇氏发觉。他逃脱之后遭调禁卫军劫持文宗并大肆戕杀朝臣，引起朝堂动乱，史称"甘露之变"。李商隐经此政乱后写下《有感二首》，诗中借汉朝"清君侧"之事言"甘露之变"，表达了诗人对时局动荡、宦官干政的担忧。

除了李商隐所担忧的"宦官当权"一事，唐朝政治的另一重隐患在于节度使势力的膨胀与失控。唐朝的地方制度是在魏晋南北朝时期的基础上变革而来，创新之处主要体现在"道府制"和"节度使"的设立。唐太宗将天下分为十大监察区，称为"道"，道下辖州和府，"州、府"大致相当于秦汉之时的"郡、县"。唐朝时期对外战争频仍，开疆拓土的同时也面临着治理边疆的问题。玄宗于是设十节度使，其中九位镇守西北边关，赋予其军政大权。一是为边关战乱时能及时用兵，二是为开发和建设所征服地区，将其彻底纳入唐朝版图。

后期随着战事的增多，依靠关中调兵难以应对敌军，节度使由是拥有了征兵的权力。又因远在边关，军粮也不能完全依靠朝廷的调拨，于是节度使们开始抽取地方税收财政以养军。这样一来节度使从军政长官逐渐演变成"藩镇皇帝"，唐朝末年的"安史之乱"就是由节度使发起的叛乱。

到了元朝时期，中国的地方行政制度发生剧变。元朝一改唐宋时期的"道路制"，设立"行省制度"。在中央设"中书省"管理全国政务，在地方设立十个"行中书省"，又称"省"，分管各地政治。元朝行省的创立是我国省制的开端，一些行省虽辖区范围与今相差较大，但省名却沿用至今，如云南行省、陕西行省、四川行省、河南河北行省、江西行省、甘肃行省等。

历朝皇帝采用分权、制衡、监督的方式限制大臣权力的膨胀，以地缘政治取代血缘政治来把控地方，以设立"道府郡县"等方式实现层层治理。中央致力于削弱地方权力，经过了千年的发展与完善，天子最终登上了权力的最顶层。

嬴政建立秦朝，以"始皇"自名，希望王朝功业万世永继，"一统江山万万年"，这是历朝统治者的终极政治追求。对于封建时代的君王而言，长治久安往往代表着稳定与顺从，大臣安于其职，百姓安于其业，内无民忧外无敌患。因此，执政者建立起一个严密的层级体系，天子于明堂之上接受大臣的朝拜，民众以官员为"父母"安于其下。在这种体系中，选官就成了皇帝沟通百姓、维护统治的重要举措，所选的官员既要有治世之才，更要有忠君之心。

嗟哉董生行（节选）

[唐] 韩愈

寿州属县有安丰，唐贞元时，县人董生召南隐居行义于其中。

刺史不能荐，天子不闻名声。

爵禄不及门，门外惟有吏，日来征租更索钱。

嗟哉董生。朝出耕，夜归读古人书，尽日不得息。

或山而樵，或水而渔。

入厨具甘旨，上堂问起居。

父母不戚戚，妻子不咨咨。

嗟哉董生孝且慈，人不识，惟有天翁知。生祥下瑞无时期。

董生即董邵南，唐朝贞元年间参加科举考试落榜，而后隐居在安丰县中。韩愈在诗中写到，董邵南贤能忠孝，但科举不第，隐居时不得刺史举荐，也没有爵位承袭，三条为官之路都被堵住了。董生怀才不遇的境况令韩愈感到十分惋惜。

"爵禄不及门"指的是夏商周时期盛行的"世卿世禄制"，官位如同王位一样可以世袭。商鞅变法时，实行按军功授爵位的制度，打破了贵族世袭制，有利于提升百姓参军入伍的积极性，战场上的将士们也更加努力卫国战斗，这也是秦国能从战国争霸中脱颖而出的重要原因。

到了汉朝，政局较为安定，因此依靠军功来封官授爵已不太行得通。当时的刘邦注重才能，听说谁有盛名就将他请到朝廷上做官，这就是"征辟制"。

题四皓庙

[唐] 白居易

卧逃秦乱起安刘，舒卷如云得自由。

若有精灵应笑我，不成一事谪江州。

白居易诗中所写的"四皓"与征辟制有很大的关联。"四皓"指东园公唐秉、夏黄公崔广、绮里季吴实、甪里先生周术，他们是秦朝时期学识渊博的四位官员。秦始皇焚书坑儒的暴行引起他们的反感和愤怒，于是他们辞官还乡，之后又为躲避战乱在商山归隐。汉朝建立后，刘邦网罗贤能之人辅佐他治理天下，听闻"商山四皓"品行高洁，多次征召他们入朝为官，但都被拒绝了。

刘邦登基后立吕后的儿子刘盈为太子，封戚夫人的儿子刘如意为赵王。随着二人年龄的增长，刘邦发现刘如意才华出众而刘盈却资质平庸，加上戚夫人非常受刘邦宠爱，因此刘邦想废除刘盈的太子之位，改立刘如意为太子。吕后听说后十分惶恐，向张良请教对策，张良对吕后说："我听闻皇上尤其敬重商山四皓，但多次请见而不得，如果能请他们辅佐太子，皇上说不定会改变心意。"

吕后听从张良的建议，让太子刘盈写了一份言辞恳切的书信，又准备了许多黄金珠玉，并准备了舒适的马车，派了一些能言善辩之人前去邀请四皓，

[元] 佚名《商山四皓图》（人物部分）

四皓被他们的真诚所打动，便出山来辅佐太子。刘邦知晓后非常惊讶，询问其原因，他们回答道："太子为人宽厚孝顺，能够礼贤下士，天下人都愿意为他效力。"刘邦听后不禁感叹太子羽翼已成，于是放弃了改立太子的想法，作歌曰："鸿鹄高飞，一举千里。羽翮已就，横绝四海。横绝四海，当可奈何！虽有矰缴，尚安所施！"

在汉朝还有一些人虽在乡里，但因孝顺、贤能等十分受人尊重，刘邦怕埋没人才，就诏令地方长官，遇见这样的人要向上呈报，由皇帝进行考察后，再决定是否授予他官职，这就是"察举制"，也即韩愈诗中所说的"刺史不能荐，天子不闻名声"。

我们都知道"二十四孝"的故事，里面就有许多和察举制相关的故事，如董永"卖身葬父"的故事就发生在东汉时期。

董永很小的时候母亲就去世了，父亲一人把他抚养长大。后来父亲去世他无钱安葬，便卖身为奴来为父亲置办后事，因此也欠下一大笔债务。有一天，他在路上遇见一位美丽的女子，她自言孤苦伶仃无家可归，希望董永能给她一个安居之所，后来二人相处之中感情渐深，于是就结为夫妻。这位女子擅长织布，一个月内就织成了三百匹精美的锦缎，并用换来的钱帮助董永赎回了卖身契。两人返家途中在一棵大槐树下休息，女子告诉董永自己是天帝的七女儿，是他的孝心感动了天帝，天帝派她来帮助董永偿还债务，希望他能利用自己的才能去做官，造福一方百姓，而不是在富人家做奴仆。言毕，女子凌空而去，又回到了天上。

既然孝心能感动上天，那这个人一定符合"举孝廉"的标准，于是当地的长官就将董永举荐给天子。放到现在来看，我们肯定会说世界上没有天帝也没有七仙女，说不定是董永为了做官故意编出来的故事。当时的人们也发

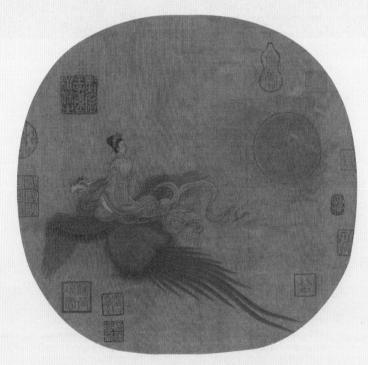

［宋］佚名《仙女乘鸾图》

现了这个制度的漏洞，有童谣唱道："察孝廉，父别居。"有的人在外享有孝顺的名声，但其实私下里甚至不赡养父母双亲。

桓灵时童谣

[汉] 佚名

举秀才，不知书。

察孝廉，父别居。

寒素清白浊如泥，

高第良将怯如鸡。

无论是"征辟制"还是"察举制"，都离不开人的好名声，这两种制度最大的弊端在于很可能会选拔出一些徒有虚名的人做官。此外，举荐人发挥着举足轻重的作用，可以凭借手中的权力和个人的喜好来决定一个人的仕途，就像韩愈诗中的董生，虽满腹诗书又孝顺父母、家庭和睦，但得不到刺史的举荐就难以入朝为官。

底层百姓出身微寒，即使才德兼备也无法顺利入仕，而有些人却可以凭借虚名或官员的青睐而被举荐给皇帝。这种不公平的现象在魏晋时期更加突出，左思曾在《咏史》一诗中讽刺了世家大族垄断为官之路的腐败局面。

咏史（其二）

[西晋] 左思

郁郁涧底松，离离山上苗。

以彼径寸茎，荫此百尺条。

世胄蹑高位，英俊沉下僚。

地势使之然，由来非一朝。

金张藉旧业，七叶珥汉貂。

冯公岂不伟，白首不见招。

当时的魏晋实行"九品中正制"，由地方长官依据才德和名望将辖区内的人划分为九等，吏部选官时从高到低录取。在这个过程中，官吏就基本上掌控了人才的上升途径。连皇帝刘邦在选择继承人时都希望立自己更喜欢的儿子刘如意为太子，那么地方官员在举荐人才的时候当然会倾向于自己的亲属或者是弟子，这样一来就形成了以血缘或师徒关系为纽带的世家大族。

　　在这样的时代环境下，寒门子弟就像左思诗中山涧底下挺拔茂盛的青松一样，山上的初生的草木轻而易举地就能遮盖住它的身影。左思用青松和草木的处境比喻当时的选官状况：世家大族站在权力的上层，许多有才能的人却被埋没在民间。

　　诗中引用汉代金日磾、张汤与冯唐三人的典故，更凸显出士族制度对人才的压抑和摧残。金日磾原本是匈奴部落的太子，后来霍去病攻打匈奴时成

［元］倪瓒《幽涧寒松图》（寒松部分）

为俘虏，到了长安以后被安排去养马。一日，汉武帝在宫宴中召人牵马观赏，金日磾因仪表堂堂而受到武帝的注意，得知他是匈奴王子后便封他为御马监，之后他不断升迁成为光禄大夫，有着很高的地位。

金日磾的儿子也很受汉武帝宠爱，时常被汉武帝抱在膝上逗乐。有一次，金日磾的大儿子从后面抱住武帝的脖子，这在当时是大不敬的行为。金日磾感到十分惶恐，连忙斥责儿子，汉武帝却让金日磾不要生儿子的气。两个儿子因受武帝宠爱，长大以后行为十分放纵。金日磾撞见长子与宫女在皇宫中嬉戏，对其非常厌恶，也害怕他会给家族带来灭顶之灾，便亲手杀了长子。汉武帝在金氏长子死后哀伤落泪，但又赞赏金日磾的笃厚谨慎，对他越发看重，在他死后追封他为敬侯，官位也由金氏后人承袭，荫及七代子孙。

张汤是与金日磾齐名的武帝宠臣，特别擅长揣摩武帝心意。武帝当时对满腹诗书的人青睐有加，张汤在断案时便征引《春秋》《尚书》等书中的文句。案件呈给武帝看时，如果断案之法得到武帝的肯定，就将其录为以后判案的依据，以彰显皇帝的英明；如果受到武帝斥责，张汤便言辞恳切地向皇帝告罪，并引用他人正确的言论，说："某某官员曾在断案时向臣提出这个建议，但是臣太愚笨了，没有采纳。"遇到武帝不喜的人，他就会令人严格治罪，而对那些武帝想要宽免的人他则会尽力去减轻罪名。张汤深得武帝宠信，其后子孙共有十人出任汉朝帝王的近侍。

相比于张汤的能言善辩，冯唐则因言致祸。汉文帝在乘车时遇见冯唐，和他谈论起匈奴之患，不由得感叹道："大汉要是有廉颇、李牧这样的大将就好了。"但是冯唐却说："即使您有这样的武将，也不一定能任用好他。"汉文帝听后勃然大怒，冯唐告罪说自己是个粗鄙之人，不懂忌讳，希望文帝能够宽恕他。

后来匈奴入侵汉朝边境，有一位叫魏尚的将领谎报军功，文帝削去他的爵位并判刑一年。边关战事紧急，汉朝却无武将可用，这时文帝想起冯唐当时的言论，追问他缘由，冯唐就为文帝讲了李牧的故事：李牧镇守赵国边境时，曾私自把征收来的赋税赏赐给有功的将士，此举虽不合制度，但赵王并没有治他的罪，而是充分理解他治军的方式。正是如此，李牧才能训练出精锐的部队，帮助赵国成为战国时期的霸主。冯唐对文帝说："魏尚多次率军击杀匈奴，如今只是错报了多杀敌六人的军功，您的赏赐太轻而刑罚过重，这样一来容易使将帅寒心。"

　　文帝听后觉得很有道理，于是派冯唐持令到边关赦免魏尚。文帝去世后景帝即位，冯唐被派去做楚国的丞相，但不久后被罢免。待武帝即位，举为贤良，但此时的冯唐年逾九十，已不能为官。这就是左思诗中所说的"冯公岂不伟，白首不见招"。

登科后

[唐] 孟郊

昔日龌龊不足夸，今朝放荡思无涯。
春风得意马蹄疾，一日看尽长安花。

[南宋] 佚名《夏卉骈芳图》

到了隋唐时期，做官还有一条很重要的途径，那就是韩愈诗中所说的"科举制"。董邵南出身寒微，无法通过世袭和举荐的方式做官，其实也可以通过科举入仕。可惜的是，董生在进士考试中也落榜了。就像今天的高考一样，有人失利，也有人超常发挥。那些考中的人又是怎样的欢喜呢？孟郊在进士及第之后喜不自胜，策马扬鞭在一日之内看遍长安美景，写下了《登科后》一诗，并衍生出"春风得意""走马观花"两个成语。

孟郊出身清贫，其父是当地的一名小吏，早年过着潦倒困顿的生活，此次及第他已经四十六岁，是他"复读"的第三年，科举可以算作他命运的转折点。在世袭制、察举制或九品中正制的时代，一个寒门子弟很难跃居官僚阶层。隋唐时期的科举制给了读书人一条通往琼林宴的道路，让他们夜以继日钻研的经邦之道能够在自己手中变成现实，能够将个人命运融入家国大业之中，"为天地立心，为生民立命，为往圣继绝学，为万世开太平"。而科举不中、怀才不遇不仅仅是丧失了做官的可能性，更是对他们信仰和能力的否定，他们也就成了韩愈所怜惜的"失意文人"。

董邵南在落榜之后隐居于安丰县，但他并没有放弃政治理想，彼时藩镇势力崛起，他选择投靠河北藩镇。在韩愈眼中，投靠藩镇无异于分裂国土，他虽不赞同好友的选择但也无可奈何，只能对董生怀才不遇感到惋惜。正如他在诗序中说："董生举进士，屡不得志于有司，怀抱利器，郁郁适兹土。"

就像现在有的人擅长语文，有的人擅长历史，在古代的读书人中也是如此，有的人长于吟诗作对但不通朝政，而有的人文采平平却能直中时弊。封建社会的科举制是为选官而打造的，考试内容围绕治国理政展开，选拔出的官员也必须支持统治者的治国思想，由此一来，"才华"便可能与"做官"不对等了。

第五章

安居乐业

神农在尝百草之时，发现有一些植物的种子能够饱腹，便带领人民收集这些草籽并集中播种，但其后却收获寥寥。神农氏并未气馁，他在反复尝试后终于成功总结出一套种植技巧：先用火焚烧掉杂草，再用石头、兽骨和木头磨成的工具翻松土壤，在春雨之后播撒种子，到了秋天就会得到收获。中国由此开启了漫长的农耕文明。

中国历朝历代都格外重视农业。"在昔闻南亩，当年竟未践。"（陶渊明《癸卯岁始春怀古田舍二首》）早在尧舜时期，部族首领就亲自耕田种谷，垂范于后世。历代的君王为了祈求国家太平，五谷丰登，每年都要去郊外祭祀"社稷"，其中的"社"就是土地神，"稷"就是谷神。据《周礼》记载，当时的王宫左边建有供奉先王的宗庙，右边建有社稷坛，分别代表着祈求祖先保佑王朝河清海晏、国泰民安，祈求土地神、谷神保佑风调雨顺、年丰时稔。后世也因此以"社稷"代称国家。如李白诗曰："终与安社稷，功成去五湖。"（《赠韦秘书子春二首》）

民间有俗谚曰："民以食为天。"春秋战国时期，李悝、商鞅等人将农业视作国家之"本"，正如陆游诗云："夹路桑麻行不尽，始知身是太平人。"（《初夏绝句》）耕种以饱腹，纺织以御寒。《管子》中言："仓廪实而知礼节，衣食足而知荣辱。"农业的兴盛是人民安居乐业的基础，是商业发展的前提，是富国强兵的源泉。

农民在历朝历代都是一个非常庞大的群体，他们的愿望往往十分朴素：有田耕，有饭吃，有衣穿。社会安宁时，他们用辛勤的劳动获取衣食、缴纳赋税、供养国家和军队，他们所经营的农业恰恰是立国之本。只有生存难继的时候他们才会揭竿而起，敲响王朝的丧钟。

劝农（节选）

[东晋] 陶渊明

哲人伊何，时维后稷。

赡之伊何，实曰播殖。

舜既躬耕，禹亦稼穑。

远若周典，八政始食。

《劝农》是陶渊明在务农时创作的一组长诗，他在这一章中引用了后稷教民播种五谷和舜、禹二帝亲自耕地的故事，意在劝勉人们重视农业、参与到农事劳动当中。

自汉代以来，劝课农桑一直是地方官员的一项政治任务，也是政绩考察的一项重要内容。陶渊明十分仰慕那些能够躬耕田亩的人，比如他在诗中提到的后稷、舜和禹三位先贤，他们都深入民间田野，以亲自劳动表达对农业的重视。

陶渊明认为后稷是一位拥有大智慧的哲人，他将播种五谷的技艺教给农民，这样一来人民能够过上稳定的生活，不用像先前一样靠打猎、捕鱼维持生计。陶渊明倾慕舜、禹，也期待有一天能够归隐田园。母亲去世以后，陶渊明依照当时的规矩辞官回乡守丧三年。在第二年的时候，权臣桓玄攻占京师把持朝政，陶渊明决定隐居耕田。

[明] 李在《山村图》(村居部分)

后稷本名为"弃",是尧舜时期管理农业的官员,也是西周人的祖先,传说弃从孩童时起就喜欢侍弄庄稼,还会根据土壤的不同播种适宜的种子,依照作物的习性来浇水施肥。他种出来的禾苗要比旁人种的都旺盛很多,而且收获颇丰,很多人都来向他请教种植之道。尧听说以后便把他请去做农官,让他负责教人民耕种。据说"稷"是由他最早发现和种植的,因此大家都以"稷"来称呼他,等稷去世以后人们感念他的功劳,尊称他为"五谷之神"。

陶渊明在《癸卯岁始春怀古田舍二首》一诗中的"在昔闻南亩①"引用了舜帝在历山耕种的典故。相传舜的母亲在他很小的时候就去世了,他的父亲名叫瞽叟,脾气非常暴躁,他的后母见父亲并不疼爱舜,也经常虐待他,但是他始终孝心不改,对父母百依百顺,主动承担了家里的所有农活。

舜的后母生下儿子象之后对舜更加厌恶,她要求瞽叟把舜赶走,舜的父

---

①南亩:指农田,禾苗的生长需要阳光,因此农民在开垦田地时多选在面向太阳的南坡。

亲虽然不爱舜，但也不忍心让自己的骨肉流浪在外。后母见状，联合象多次陷害舜，污蔑舜耕地的时候在田埂上睡大觉，做饭的时候先偷偷填饱自己的肚子，全家人都是吃他的剩饭。瞽叟对妻子的谎话深信不疑，一怒之下将舜逐出了家门。

舜无家可归，游荡到一个叫历山的地方，山上的鸟儿都唱着歌邀请他留下来。舜于是在山脚下修筑了一个茅草屋子，打算在山的南坡开垦荒地。

天帝知道后十分怜悯舜的遭遇，派来一群大象帮他耕田，鸟儿们也飞到田里为他除草播种。在历山时，他常到附近的村庄帮助老弱之人耕田，还把种子分给新来垦荒的人。有的人田里庄稼长势不好，舜会耐心细致地教他们如何耕种。很多人听闻舜的贤名后都愿意来历山居住，历山也从一座荒山逐渐聚成一个繁荣和谐的村落。

在陶渊明看来，务农是一种闲适浪漫的生活状态，每天只要和庄稼打交道，不用对着上级卑躬屈膝。早出晚归耕种田地，闲暇的时候还能登山散心或者喝酒弹琴，和邻居讨论的话题无外乎庄稼的长势和收成，不用像做官时那样谨小慎微，更不用担心会卷入复杂的政治斗争中。

陶渊明、王维向往的田园生活是安宁和乐的景象。辛弃疾向往沙场征战，也曾欣于田园之乐。乡村和大自然总能以清丽之态抚慰人心。

清平乐·村居

[南宋] 辛弃疾

茅檐低小，溪上青青草。醉里吴音相媚好，白发谁家翁媪？

大儿锄豆溪东，中儿正织鸡笼。最喜小儿无赖，溪头卧剥莲蓬。

提起辛弃疾我们会想到"抗金""爱国""壮志难酬"等词语，但此词一反"把吴钩看了，栏杆拍遍，无人会，登临意"中的惆怅与愤懑，描绘了一幅宁静祥和的农村生活图景。茅屋低矮，溪水清澈，老翁老妪细声相言。大儿子在溪边的田地里锄草，二儿子编织鸡笼。家里的小儿子尚幼，正是顽皮淘气的年纪，卧在溪边剥着新鲜的莲蓬。整首词平易通俗，具有浓厚的生活气息。让人不禁追问，从前那个热血的将军哪里去了？

此词作于辛弃疾闲居江西上饶的带湖期间。辛弃疾上任后力主北上抗金，即使遭受当权派的多次打击也未曾放弃。二十一岁时辛弃疾怀抱着一腔赤诚南归，从未料到他最强劲的敌人不是虎视眈眈的金兵，而是朝廷里的保守派。二十多年后，辛弃疾被"流放"到江西上饶，相随半生的战马吴钩从此蒙上了尘埃。辛弃疾闲居此地长达二十余年，回忆人生反思过往，他从最初的失望到后来的通达，种种挣扎与不甘都融注在一首首诗词中。"醉里挑灯看剑，梦回吹角连营"，少年时的意气与中年时的落寞形成了鲜明的对比，沙场和国仇给了他热血，而乡村则抚慰了他的赤子之心。正是《村居》中的美好生活让他看到了人生的另一面，暂时忘却了失意，闲居的二十年里他写下了大量的闲适词和田园词，试图在疆场理想和田园现实之间寻找到内心的自洽。从这些词作中我们看到田园生活的淳朴与安宁，看到一个武将无奈之下的自我开解。

田园的生活真的如陶渊明、辛弃疾所描述的那般浪漫吗？其实，陶渊明笔下的农村是带了"滤镜"的，农民一直以来居于社会的底层，他们不仅要

［元］钱选《陶潜归去来辞图》

养活自己，还要养活那些"四体不勤，五谷不分"的达官贵人。每一座宫殿、每一次宴席以及每一场战争，这些无不来自农民缴纳的赋税。

悯农二首

[唐] 李绅

春种一粒粟，秋收万颗子。

四海无闲田，农夫犹饿死。

锄禾日当午，汗滴禾下土。

谁知盘中餐，粒粒皆辛苦。

很多诗人都写过农民赋税沉重的问题，最为人熟知的莫过于李绅的《悯农二首》。

据《旧唐书》记载，李绅幼年丧父，和母亲相依为命。孤儿寡母常受人欺负，李绅发奋苦读，希望能通过考中科举改变任人欺侮的处境。后来李绅赴长安参加进士考试，途中见农民在烈日之下耕作，联想起自己年少时种田的经历，写下《悯农二首》，引起了很多人的共鸣，在当时流传甚广，李绅也因此得到了一些京城官员的赏识。

一粒种子经农人的精心培育，到了秋天喜获丰收，四海之内都是良田，但是农夫却要饿死了。这是怎么回事呢？诗人虽没有给出答案，但天下人都知道是因为赋税。"民以食为天"，但是远离农事的人很少会去思考"吃饭"背后的故事。每一粒粮食都是农民的血汗换来的，但是农民却没有得到应有的重视和尊重。

李绅的诗充满了对农民的同情，还隐含了对时政的批判。不过，当他及第做官以后仿佛失去了对农民的同情心，变成了一个挥霍无度、漠视民众的贪官酷吏。

赠李司空妓

[唐] 刘禹锡

高髻云鬟宫样妆，春风一曲杜韦娘。

司空见惯浑闲事，断尽苏州刺史肠。

　　李绅当了大官之后，每一餐饭都要花费上千贯钱财，还要请歌姬舞女表演助兴。有一次他邀请刘禹锡到府中做客，刘禹锡看到席上美味佳肴极其丰盛，各色菜品精致且稀奇，大开眼界。李绅府上也养了许多歌舞妓，这些人不仅容貌姣好还精于才艺，其中有一位女子才艺双绝，唱了一支名叫《杜韦娘》的曲子震惊四座。刘禹锡望向坐在上位的李绅，却见他如平常模样，好像早已见惯了。刘禹锡对李绅的奢侈感到不满，也为耗费的民力心痛，因而写下这首《赠李司空妓》记录当时的所见所感，既是谴责也是规劝。而更有意思的是，成语"司空见惯"也随着李绅的"腐朽变质"而流传开来。

[五代] 顾闳中《韩熙载夜宴图》(歌舞筵席部分)

正如陶诗中说:"远若周典,八政始食①。"农业在中国的政治领域占有很重要的地位,农民的生活状况往往也反映了一个时代的经营状况。从杜甫的"稻米流脂粟米白,公私仓廪俱丰实"(《忆昔二首》)到张籍的"苗疏税多不得食,输入官仓化为土"(《野老歌》),农民的生活从富裕变成贫苦,唐朝也由盛而转衰。

①《尚书·洪范》记录了当时政府的行政准则、行政方式和决策方式等内容,谈到八种政务时,《洪范》将"粮食"放在为政的第一位,其后依次是财货、祭祀、居住、教育、刑罚、宾客、军事等七项政务。

在远古时期，传说神农氏给人间带来了种子，先民们从此过上了稳定的农耕生活。当时的人都用兽皮缝制衣服，后来打猎的次数减少，兽皮渐渐不能满足人们的穿衣需求。黄帝的妻子嫘祖偶然之间在山上发现了蚕茧，钻研出养蚕缫丝的法子，从此解决了人民穿衣的问题。数千年以来，中国形成了以男耕女织为代表的生产方式，"桑麻"也成了手工业发展的起点。

四时田园杂兴（其三十一）

[南宋] 范成大

昼出耘田夜绩麻，村庄儿女各当家。

童孙未解供耕织，也傍桑阴学种瓜。

范成大从官场退休后回到家乡务农，度过了十年安宁悠闲的晚年生活，在此期间，他围绕农村的四季景色和田园生活写下了六十首《四时田园杂兴》。这六十首诗夹杂着对官府横征暴敛的批判和对农民的同情，如："垂成穑事苦艰难，忌雨嫌风更怯寒。笺诉天公休掠剩，半偿私债半输官。"但更多的还是围绕宋代农村的生活图景和风俗人情展开，《四时田园杂兴》（其三十一）就是其中的代表作。

诗中描写了夏日时节农村男女老幼都参与劳动的场景：白日里青壮年下田除草，入夜后妇女们赶工搓麻织布，小孩子们还不会做农活，却模仿大人的样子在桑树底下学习种瓜。

"耘田"和"绩麻"是夏日农村生活的重头戏，春天的时候深耕播种，到了夏初禾苗还未收获，田里的野草长了出来，这时农民们需要顶着烈日去田里除草，这就叫"耘田"。

昼出耘田夜绩麻：织梭光景

［清］焦秉贞《御制耕织图》（采桑部分）

古代的纺织主要依靠蚕丝和麻，养蚕缫丝的工作从春天桑树长出枝叶开始，到了夏天蚕虫长大后开始吐丝，将自己包裹成一个茧，农妇们将蚕茧煮熟①后开始抽丝，然后纺织成布。俗语里说"丝事毕而麻事起"，即等到抽完蚕丝后，黄麻、青麻已经长得非常茂盛了，这时人们收割麻草，将它们搓成麻线、织布裁衣，"绩麻"就是搓麻线的过程。

过故人庄

[唐] 孟浩然

故人具鸡黍，邀我至田家。

绿树村边合，青山郭外斜。

开轩面场圃，把酒话桑麻。

待到重阳日，还来就菊花。

---

①煮茧是制丝过程中的一道关键性工序，经热水浸泡后茧丝间的黏合度减弱，有利于缫丝。

不同于范成大诗中所描写的劳作生活，孟浩然的《过故人庄》通过记叙好友邀请他到农村做客的经历，反映出农闲时候乡村生活的舒适与惬意。

"故人具鸡黍"写出了农家饭菜的丰盛。在古代的农村，鸡鸭可是饭桌上的奢侈品，虽然每一家都是家禽成群，但是它们的主要功用还是下蛋换钱，是农家的"摇钱树"，因此只有过年过节或者来重要的客人时，它们才会以美味佳肴的形式被端上餐桌。

孟浩然不仅吃到了丰盛的饭菜，还欣赏到了农村优美宜人的景致：村庄外青山连绵，村内绿树成荫，打开窗户就能看见丰收后的打谷场。两人举杯对饮，谈论着今年的收成，闲叙家常，十分惬意。

诗中的"桑麻"并不是两人真在谈论窗外的桑树和黄麻长势怎样，而是泛指农村生活。在古代的农村，由于养蚕缫丝和绩麻织布的需要，家家户户都遍种桑麻，因此"桑麻"也成为农村和农事的代称。

纺线织布常常是女子的工作，一只纺梭也将女子的命运织进了各色布匹当中，它甚至成了衡量女子价值的标准，布衣与绸缎更是一种身份的象征。

上山采蘼芜

[汉] 佚名

上山采蘼芜，下山逢故夫。

长跪①问故夫，新人复何如？

新人虽言好，未若故人姝。

颜色类相似，手爪不相如。

新人从门入，故人从阁去。

新人工织缣，故人工织素。

织缣日一匹，织素五丈余。

将缣来比素，新人不如故。

---

①直身而跪，是古代的一种礼节，表示尊重。

《上山采蘼芜》讲述的是一个被休弃的女子与前夫偶遇的故事。女子上山采蘼芜①，下山的途中遇见了前夫，两人顾及旧时情谊寒暄了起来。女子被休弃后心有不甘，便问前夫："你的新婚妻子怎么样？比我好吗？"

"新人虽然也很好，但是长得没有你漂亮。"前夫脱口而出，想了想又觉得这样说损了新婚妻子的面子，补充道，"容貌都差不多好看，但是这个新妇不如你勤劳。"

女子知晓前夫喜新厌旧，但不承想他如今又开始挑剔新婚妻子了，于是讥刺他说："新人既然不如我这个弃妇，但她当时可是用花轿抬进大门的，我却是孤零零地从侧门离开。"

男子并未听出她的讥讽，反而向前妻叙说新人不如故人的原因："她每天能织一匹缣，但你能织出来五丈素，从织工上来看，她比你差得远啊。"

［北宋］王居正《纺车图》（纺车部分）

----

①一种香草。

诗中的前夫通过每日织布的数量和质量来衡量两任妻子的优劣。"缣"和"素"都是蚕丝制成的绢布，但是"素"比"缣"更细密洁白，因此价格也更高昂。"匹"和"丈"是量布帛的单位，古代一匹等于四丈。纺织与耕田在当时是家庭经济的重要支撑，男子主要承担耕地的力气活，织布的任务就交给了女子，所以诗中的丈夫会对妻子的纺织能力格外在意。

古代丝织品的种类有很多，绢、缣、素、绫、罗、绸、缎等等，相比于麻织成的粗布，这些蚕丝制成的布料质地细腻，花纹更为精致，自然也需要花更多的钱，因此平民多穿粗布麻衣，显赫的人家则多穿丝绸。

蚕妇

[北宋] 张俞

昨日入城市，归来泪满巾。

遍身罗绮者，不是养蚕人。

北宋诗人张俞在《蚕妇》一诗中就讲述了这样一个故事：有一位养蚕的小妇人，每日都去采集新鲜的桑叶，精心照顾那些胖胖的蚕虫，希望它们能够吐出最好的丝。有一日她进城去卖蚕丝，不一会儿就销售一空，回来的路上却十分悲伤，不禁大哭起来。

有人问她："你的蚕丝都卖了个好价钱，你又在为什么而难过呢？"

她难掩心中的委屈，哭着说："我今天见城里那些夫人，她们从来都不采桑养蚕，但是却穿着一身的绫罗绸缎。我不分昼夜地养蚕缫丝，却只能穿着粗布衣裳。"

妇人的话听起来让人倍感辛酸。在古代，官府征收的赋税有钱财，也有粮食、绢布等物。"男耕女织"不光是要维持家庭生活所需，还要应对赋税，遇到贪污的官员或者是荒年，连粗布衣服都不一定能穿得起，甚至会出现"朱门酒肉臭，路有冻死骨"的悲惨之象。

阶级差异就像一座大山一样横亘在社会中间。底层的平民穿不起丝织的衣服，但是贵族大夫们不仅可以享受绫罗绸缎的奢华，甚至还可以将丝绸布帛拿来写诗作画。

清平乐·红笺小字

[北宋] 晏殊

红笺小字，说尽平生意。鸿雁在云鱼在水，惆怅此情难寄。

斜阳独倚西楼，遥山恰对帘钩。人面不知何处，绿波依旧东流。

晏殊被称作北宋的"宰相词人"，他的词清新含蓄，是婉约派的代表人物之一。他在这首《清平乐》中主要抒发了对一位知音的思念之情，想要给她写信诉说相思，却无法寄出。只能一个人站在西楼上，望着群山和绿水，思念离去的旧友。

诗中引用了"红笺""鸿雁帛书"和"鱼传尺素"三个不同的典故来代指书信。从字面上来看，"笺"与竹子有关，"帛书""尺素"与丝绸有关。其实，书信的这些别称都是源于最初的书写材料。在西汉以前，世界上还没有出现造纸术，书信、文书等都是书写在兽皮、竹片或者是布帛上，"笺"的本义是指一种用竹子削成的狭长竹片，用来书写读书时的批注，后来人们便把笺、帛书等都用作书信的代称。

"红笺"又叫"薛涛笺"。薛涛是唐代的一位歌伎，因为她容貌出众和才华横溢名噪一时。薛涛曾隐居在成都一个名叫"浣花溪"的地方，当地的人多以造纸为业。据胡震亨《唐音癸签》记载，薛涛擅长写小诗，但纸张太大，墨色的诗写在白纸上剩下很大的空白，显得很不美观。于是薛涛别出心裁，用木芙蓉皮做原料，加入红色的芙蓉花汁水，又让纸坊的工匠将纸张裁成小小的一片，恰好足够写一首八行短诗。这种小彩笺因极其精致，多被用来书写情诗，表达相思之意，后世便用"红笺"来指称情书。

"鸿雁帛书"讲的是苏武的故事。汉朝时期，武帝派苏武出使匈奴，但是匈奴的首领却将苏武扣押下来。面对匈奴的威逼利诱，苏武并未投降，匈奴单于一怒之下将他流放到北海去牧羊，告诉他等到公羊生出羊羔来就还他自由。既知归乡无望，每日牧羊时，苏武便手执临行前皇帝赐予他的节杖，饱含无限的忧伤与情思望着南方都城的方向。

后来汉朝与匈奴议和，汉武帝才得知苏武在匈奴历经十九年的折磨都没有变节，于是再次派人出使匈奴寻回苏武，单于谎称苏武早已病死。这时使臣想到一个办法，他对单于说："武帝在郊外打猎，射中了一只北方飞来的大雁，这只大雁非同寻常，它的脚上绑着一份帛书，上面写着苏武在北方大泽附近牧羊，让大汉派使臣来接他回家。"单于听后大吃一惊，虽不情愿但也不敢得罪汉朝的皇帝，更怕上天的怪罪，于是释放了苏武。

"尺素"指的是长约一尺的白色细绢布，也是当时常用的书写材料。"鱼传尺素"的典故源自汉朝时期的乐府诗《饮马长城窟行》。

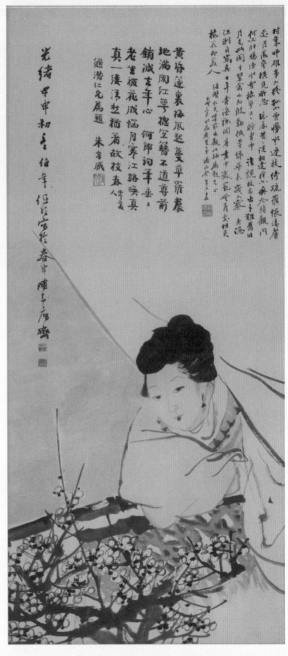

[清] 任颐《梅花仕女图》

饮马长城窟行（节选）

[汉] 佚名

客从远方来，遗我双鲤鱼。

呼儿烹鲤鱼，中有尺素书。

长跪读素书，书中竟何如。

上言加餐食，下言长相忆。

"鱼传尺素"讲述了一个非常浪漫的故事：有位客人远道而来，给家中的女主人送来了两条鲤鱼，而鱼腹中藏着一封书信，信上写着远在他乡的丈夫对妻子的惦念，希望妻子能够多加餐饭保重身体，希望她也能时常想念自己。

其实，这只是一种浪漫的手法，诗中的"鲤鱼"并不是指新鲜的鲤鱼，而是一种鲤鱼形状的小木盒子。由于在尺素上书写的信件容易损坏，所以用"鲤鱼"来封存，"鲤鱼尺素"就此成为书信的别名。

造纸和纺织这两大手工业在古代有着很深的渊源，绢、帛等在造纸术出现之前充当着"纸"的角色，最初的造纸法也是从剥茧这一过程中而来。当时的蚕妇挑选出上等的蚕茧来抽丝纺织，剩下的那些在蒸煮之后经过反复捶打和漂洗，制成蓬松的丝绵。收取丝绵后，竹席上会残留一层薄薄的丝絮，将其晾干之后可以用来书写，这就是最初的纸张——方絮。

后来，东汉的蔡伦改进造纸术，以桑树皮、麻以及破布等物作为原料，造出的纸张轻薄又柔韧，且取材易得，价格低廉。为了纪念蔡伦的贡献，人们将这种纸称为"蔡侯纸"。至此，"桑麻"虽仍是指称农事，但已身兼造纸和纺织二职了。

手工业与农业共同支撑着中国的小农经济，它们不仅维持着人民的生存和社会的进步，还在中华文明中占据一席之地。宋锦、云锦、蜀锦、宣纸、桃花纸……经过时光的熏染，它们逐渐变成了文化符号，活跃在历史的篇章中，展现出独特的时代风貌。

最初的商业买卖是"以物易物"：一片土地上居住着两个部落，一个部落擅长打猎，粮食也种得非常好；另一个部落善于养蚕织布，但是种地却不在行。后来，这两个部落的首领一合计，决定用自己多余的东西来和对方交换，这样大家就都能吃饱穿暖了。当劳动产品产生剩余的时候，商业就这样自然而然地出现了。

吕不韦

［南宋］徐钧

谋立储君进孕姬，巨商贩鬻巧观时。

十年富贵随轻覆，奇货元来祸更奇。

司马迁在《史记》中写道："天下熙熙，皆为利来；天下攘攘，皆为利往。"商人以求财逐利为本，吕不韦不愧为一代奇商巨贾，对一个落魄的皇室贵胄的价值评估和风险投资可谓是他一生中最成功的商业案例，这也成为他人生跌宕起伏的根本因由。

吕不韦曾与他的父亲有过这样一段对话：

> "耕田之利几倍？"曰："十倍。""珠玉之赢几倍？"曰："百倍。""立国家之主赢几倍？"曰："无数。"曰："今力田疾作，不得暖衣余食；今建国立君，泽可以遗世。愿往事之。"（《战国策·濮阳人吕不韦贾于邯郸》）

耕田种地、贩珠卖宝虽有利可图，但获利不过百十倍，奋力劳作也仅保丰衣足食。而如果能封邦建国、封储立君，则能够功盖当代、泽被子孙。

　　早先吕不韦通过贩贱卖贵，家累千金。但他并不满足于已有的丰厚资产，一次偶然的机会，吕不韦结识了被长期扣留在赵国当人质的异人，此人乃秦国太子安国君的庶子，虽出身高贵，却长期流落在外，生活穷困潦倒。吕不韦凭借自身特有的商业敏感和远见卓识，断言"此奇货可居"，决定助其夺位。他不仅拿出五百金送给异人作为日常生活和结交宾朋之用，还掏出五百金购买珍奇异玩，并亲自去秦国游说，收买安国君宠爱的华阳夫人及其亲眷，借机鼓吹异人的忠孝和贤能，让华阳夫人劝安国君擢立异人为继承者，以保华阳夫人在秦国一生的尊宠。事遂人愿，异人终得君位，即后来的秦庄襄王，也就是秦始皇的父亲。吕不韦也因眼光独具，发掘异人这一"奇货"并倾力相助，最终使自己顺利出任秦相，位极人臣。

［清］丁观鹏《太平春市图》（局部）

利州南渡

[唐] 温庭筠

澹然空水对斜晖，曲岛苍茫接翠微。

波上马嘶看棹去，柳边人歇待船归。

数丛沙草群鸥散，万顷江田一鹭飞。

谁解乘舟寻范蠡，五湖烟水独忘机。

温庭筠的一生颇为矛盾坎坷。他出身于贵族家庭，但到他这一代，家族业已没落；他才高八斗，文思敏捷，入试押官韵时八叉手而成八韵，获有"温八叉""温八吟"之别号。但他恃才傲物，时常讥讽权贵，即便到皇帝、宰相面前也不收敛性情，得罪了宰相令狐绹后几乎断了仕途之路，只能离开京城游历四方，这首《利州南渡》即是作于其漂泊之时。

诗人立于嘉陵江畔，江景晚照引起了他的无限遐思，句句景语皆是心中情语。夕阳余晖洒落在空阔的江面上，群山连着曲岛。船来船去，不知疲倦地送着一批批待渡之人。桨声响起，惊起草丛中的群群沙鸥，一只孤鹭高飞于空，在万顷江田上留下点点浮影。见此江景，诗人仿佛理解了功成名遂的范蠡为何选择乘舟归去，湖光山色能让人忘却尔虞我诈，功利浮华在广阔的天地间显得分外无趣。

温庭筠所向往的范蠡兼有多重身份。他是政治家，辅佐勾践兴越国灭吴国，被越王尊为上将军。因担心功高震主，范蠡抛却越国的荣华富贵，隐姓埋名游荡于山水之间，而后他更名为鸱夷子皮来到齐国，像普通百姓一般结庐而居，躬耕于田。范蠡将施政智慧运用于经商，利用靠海之便捕鱼晒盐，很快便积累了万贯家财，原本贫穷的沿海村落也随着范蠡经商富裕了起来。

齐王听闻范蠡的贤名后请他入朝为官，范蠡就此成为相国，辅佐齐王治国理政。面对尊荣与富贵，范蠡感叹道："居家则致千金，居官则至卿相，此布衣之极也。久受尊名，不祥。"（《史记·越王勾践世家》）于是为相三年后便散尽家财辞官归隐。范蠡离开齐国后辗转来到宋国，见陶邑位于天下之中、

[明] 姚绶《秋江隐渔图》

来往交通便利，十分利于经商，于是自号陶朱公，在此定居下来。继续以布衣身份亲自耕种畜牧，钻研经商之道，"夏则资皮、冬则资絺、旱则资舟、水则资车，以待乏也"（先秦佚名《勾践灭吴》），再次成为一方富贾闻名天下。后人尊称他为"商圣"，被生意人视作财神供奉。因商致富的人何其多，但是能成为"圣人"的却寥寥无几。

同时，范蠡也能被诸多文人追随，并不是因为他的财富，而是因为他的人格。范蠡从政能位极人臣，从商能成为巨富，名利皆在手时却能敏锐察觉祸患而潇洒脱身，家财万贯却不陷于铜臭，而是施以援手赈济贫民。三次白手起家，三次乘胜隐退，范蠡的卓识远见令人惊叹不已。

范蠡的眼光并不局限于小民积富，而能观照国家大计。他提出"农末俱利"的思想，看到"谷贱伤农，谷贵伤末"的矛盾所在，主张利用国家的权力"平粜齐物"。也即国家在丰收之年以常价收购粮食，以防商人逐利压价，导致谷贱伤农；饥馑之年再以常价卖出粮食，防止粮食出现"奇货可居"的局面。这样一来，粮食等物的价格长期处于稳定状态，商人农民俱能得利，人民也无须为生计担心，经济基础的坚固更有利于国家政治的建设。范蠡协调经济的思想在今天也具有重要的意义。

鲛人歌

〔唐〕李颀

鲛人潜织水底居，侧身上下随游鱼。

轻绡文彩不可识，夜夜澄波连月色。

有时寄宿来城市，海岛青冥无极已。

泣珠报恩君莫辞，今年相见明年期。

始知万族无不有，百尺深泉架户牖。

鸟没空山谁复望，一望云涛堪白首。

诗中的"鲛人"也就是我们常说的美人鱼，李颀这首诗写了一个关于鲛人的童话故事①。相传鲛人居住在深海里，喜欢在月光澄澈的夜晚织布，织出来的丝帛又轻又薄，仿佛能溶化在海水里。鲛人还有一项非常神奇的能力：他们能将月光混织进鲛绡中，经海水淘洗后光彩熠熠，人们便把这种轻纱称为鲛绡。鲛人每年都会上岸来售卖鲛绡，他们像普通商人一样远离故土、游走四方，时常寄住在居民家中，等到鲛绡卖完后才返回大海。

鲛人的故事让诗人感慨万千，世间万物是如此神奇，谁能想到在幽深的海底还生存着鲛人这般有情有义的织纱巧匠。他们在海底建造宫室，像人类一样纺纱做衣，再用这些鲛绡换取钱财维持生存，令人生起无限的好奇与向往。但是就像鸟儿飞进山林难以寻觅，只给我们留下层层叠叠的白云一样，鲛人入海之后也是无迹可寻，我们只能望着波光粼粼的大海想象鲛人织绡泣珠的故事。

［南宋］李嵩《货郎图》（局部）

---

①［东晋］干宝《搜神记》卷十二：南海之外，有鲛人，水居如鱼，不废织绩，其眼泣，则能出珠。

"有时寄宿来城市，海岛青冥无极已。"鲛人远离故乡海岛，来到人类聚居的城市卖鲛绡，诗中的"城市"与我们今天所说的城市并不是同一处地方，而是"城"和"市"的合称。"城"是指城墙，后来指城墙以内的地方，与郊外、乡村相对；而"市"是指贩卖东西的场所，古代的政府为了管理商贩，同时也为了方便城里的人购物，将原先走街串巷叫卖的人都集中在城里一个固定的地方，定期开市供大家交易，"城"和"市"也因此逐渐结合起来。

当时的集市上除了售卖当地所产的瓜果蔬菜和丝绸一类的农家特产，还有许多来自西域的葡萄、黄瓜、石榴等。它们穿过风沙遍地的丝绸之路来到了熙熙攘攘的中原集市，见证了国与国之间的商业贸易发展。"市"的出现以及对外贸易的开通，说明当时商业的特征与"以物易物"已经很不相同，部落时期的交换是为了满足生活所需，而这时的商业则是以盈利赚钱为目的。

"岁暮锄犁傍空室，呼儿登山收橡实。西江贾客珠百斛，船中养犬长食肉。"（张籍《野老歌》）在古代，农民种地要靠天时，还要缴纳比较高的赋税，一年到头可能所获无几。而经商获利颇丰，税收也不像农业那般严苛，因此很多人选择弃农从商。西安、洛阳、杭州、南京等，都是古代红极一时的商业大都市。

贾客乐（节选）

[唐] 张籍

年年逐利西复东，姓名不在县籍中。

农夫税多长辛苦，弃业宁为贩宝翁。

《贾客乐》也叫《估客乐》，"估客"指的就是行走四方贩卖商品的商人。张籍《贾客乐》一诗就是以商人为主人公，讲述了他们从商时的种种经历和生活状态。诗中描绘了金陵码头上的一群商人，他们乘着船走南闯北贩卖货物，时常深入西南偏远的山区，生活十分辛苦。他们看重利益且精于算计，每日都要算账到深夜时分，码头相聚时，有钱的商人才有资格坐在上座。这些商人由于长期在外奔波，数年不能回家，家乡的户籍上甚至已经找不到他们的姓名了。为什么这般辛苦也要选择经商呢？这是因为耕田劳作更为辛苦，一年到头还要将许多收入交给政府，与其如此不如选择经商，起码能过上衣食无忧的生活。

但是在政府看来，商人四处奔波不好管控，加之农民去经商之后田地荒芜，粮食的产量不能保证，征收赋税自然也更困难，因此古代的政府多采取重农抑商的措施。而商人追求利益、为人圆滑的社交属性也与儒家所倡导的"重义轻利"观念相冲突，因此社会上的人一边羡慕商人富足的生活，一边又鄙夷他们精于算计，如白居易《琵琶行》中借琵琶女之口写道："商人重利轻别离，前月浮梁买茶去。去来江口守空船，绕船月明江水寒。"诗中的商人几乎成了逐利小人的代表。

《琵琶行》中逐利轻义的商人与李颀诗中有情有义的鲛人形成了鲜明的对比。鲛人寄居在城市的这段时间里，与人和谐相处，结下了深厚的情谊，分

［明］仇英《人物故事图》（浔阳琵琶部分）

别时双方都依依不舍，相约来年再见。传说鲛人流下的眼泪能变成一粒一粒的珍珠，因此鲛人在离开之前会向屋主借一个盘子，将离别的感伤和对家乡的思念都化作泪水流下，然后把这些珍珠都留给主人，以此来感谢他们的收留和照顾①。其实，人们轻视的不是商人这一群体，而是因追逐利益而轻视情义的人。

　　商业的本质是交换，在这种交换过程中，多余的资源被拿来换取稀缺之物，这种交换正是人民生存所需要的，也是国家进步所需要的。因此，即使是在"重农抑商"的政策之下，商业依然按照历史的趋势逐渐兴盛了起来。

---

① 《太平御览》卷八百零三引《博物志》：鲛人从水出，寓人家，积日卖绢。将去，从主人索一器，泣而成珠满盘，以与主人。

第六章

文化菁华

"报君黄金台上意，提携玉龙为君死。"（李贺《雁门太守行》）儒家教人以治国的志气、进取的精神以及报国的忠心，但是未告诉人们"白首为功名"的坎坷与失落。并不是拥有一颗赤诚向上的心就一定能功成名就，现实与理想总是相去甚远，当心中的抱负难以实现之时，人易陷入自我怀疑和痛苦愤懑之中。"壮志病来消欲尽，出门搔首怆平生"（陆游《秋夜将晓出篱门迎凉有感》），忙碌一生最终却抱憾终天。

这时，崇尚清静自然的道家、讲求因缘际会的佛家就给人们以无限的安慰。李白出蜀之时踌躇满志，高吟"但用东山谢安石，为君谈笑静胡沙"（《永王东巡歌十一首》），希望将一身的才华都"货与帝王家"，谈笑之间就能辅佐君王成就一番功业；苏轼经历几番挫折打击之后，在东坡夜听江声，想到不如"小舟从此逝，江海寄余生"（《临江仙·夜饮东坡醒复醉》），放下功名利禄的羁绊，去做一个潇洒自在的隐士渔夫；王维官至宰相，晚年退居终南山中，"行到水穷处，坐看云起时"（《终南别业》），以山水云霭为伴，与樵夫农人相处，这份自由与惬意是"居庙堂之高"的人难以体会的。

进则儒、退则道、隐则佛，无论人生境遇如何，我们总能在三者之间寻到心灵的一方栖息之地。

春秋时期，孔子创办儒学，开创私人讲学之风，他倡导"仁""义""礼""智""信"，勉励他的弟子们用才华和智慧辅佐君王、去改变昏庸失礼的世道。汉武帝采纳了董仲舒提出的"罢黜百家，独尊儒术"的治国思想和文教政策，自此开始，儒家思想成为中国的正统思想，延续两千年。历代统治者遵奉儒家思想，儒生们的终极目标就是达到儒家所推崇的"修齐治平"，这不仅是对自我的君子人格的修炼，更是要通过自己来实现"兼济天下"的社会理想。从政，就成为实现这一理想的唯一途径，而"学优"则是儒生们作为能够跻身士大夫阶层，进而平等地参与政治，实现终极目标的不二之选。

奉赠韦左丞丈二十二韵（节选）

［唐］杜甫

甫昔少年日，早充观国宾。

读书破万卷，下笔如有神。

赋料扬雄敌，诗看子建亲。

李邕求识面，王翰愿卜邻。

自谓颇挺出，立登要路津。

致君尧舜上，再使风俗淳。

唐代最伟大的现实主义诗人——杜甫，其思想的核心就是儒家的仁政主张，这与他的家世密切相关。杜甫生活在十三代都传承中华传统儒家文化思想的家族中，可被查考的知名祖先，是魏晋时期的名臣名儒杜预。杜预文武双全，不仅战功显赫，有"征南大将军"之美称，而且学识渊博，著有《春秋左氏经传集解》。杜甫的爷爷杜审言，

［元］赵孟頫《杜甫像》（局部）

与李峤、崔融、苏味道被称为"文章四友"，是唐代近体诗的奠基人之一。武则天时期，杜审言被贬到吉州，在吉州任上又得罪了上司，被诬告后定死罪。杜审言十六岁的儿子杜并为父报仇，刺杀了仇人，杜并也当场被侍卫杀死。此事震惊朝野，皆称杜并为孝子。武则天闻知此事后，赦免并擢升了杜审言。

对于自己的祖先以功立名、爷爷以文立名、叔叔以孝立名，杜甫深感自豪。他能写出那么多心怀天下、忧国忧民的诗文，也是受家族中传承的儒家思想的影响。杜甫认为自己是一个才华卓越的人，一定会很快身居要职。在谈到自己的理想和使命时，他不仅要使君王至于尧舜之上，更要使社会风尚变得敦厚朴淳。他的人生志向与儒家所推崇的治国平天下的理想抱负高度契合。

杜甫对诸葛亮的匡时济世之才，对诸葛亮为匡扶汉室"鞠躬尽瘁，死而后已"的精神，表现出无比的崇敬；对诸葛亮出师未捷、功业未遂更是有一种深深的惋惜。为此，他曾写下多首有关诸葛亮的诗歌，其中不乏为大家所熟知的名篇。

蜀相

［唐］杜甫

丞相祠堂何处寻，锦官城外柏森森。

映阶碧草自春色，隔叶黄鹂空好音。

三顾频烦天下计，两朝开济老臣心。

出师未捷身先死，长使英雄泪满襟。

诸葛亮对两代蜀主的忠义精神，相蜀时的积极入世的观念，治理国家时的仁政民本思想，无一不是儒家思想的体现。而杜甫对诸葛亮的推崇，可以从一个侧面展现出治国平天下的思想也是他人生的价值取向。

当儒学与利禄之途密切地联系起来，读书的目的就变得更为功利化，向学的风气渐趋浓厚，"劝学"也成了中国历史上的一项重要传统。

劝学篇

［北宋］赵恒

富家不用买良田，书中自有千钟粟。

安居不用架高堂，书中自有黄金屋。

出门莫恨无人随，书中车马多如簇。

娶妻莫恨无良媒，书中自有颜如玉。

男儿欲遂平生志，五经勤向窗前读。

赵恒是北宋第三位皇帝宋真宗，他的这首劝学诗几乎抓住了所有读书人的愿望：如果想获取富裕的生活不必去购置良田，读书就能寻到丰足的粮食；

生活安定不需要建造豪华的房屋，书中就有黄金造成的房子；出门不用担心没有随从，考取功名后自然会有无数的车马跟随你；不用忧虑没有媒人为你说亲娶妻，读书做官以后必定会有美貌的女子愿意嫁给你；男儿如果想实现自己的理想和抱负，那就需要刻苦学习，勤读四书五经。

宋真宗的这首劝学诗把富贵利禄和读书结合起来，很大程度上刺激了读书人通过科举逆天改命的愿望。于是，"朝为田舍郎，暮登天子堂"（汪洙《神童诗》）成为读书人最高的梦想和最大的动力。

儒生们盼望着能够通过科举考试，一朝扬名天下知。唐代的士子们在参加进士考试前，时兴"行卷"，即把自己的诗篇呈给名人，以希求其称扬并将自己介绍给主考官。如年轻的朱庆馀从家乡千里迢迢赶到长安参加进士考试，按照惯例先要行卷。他将自己的诗文投送给了时任水部郎中的张籍，张籍以擅长文学而又乐于提拔后进与韩愈齐名。朱庆馀行卷后，心情忐忑万分，不知是否符合主考官的心意，但又不好直接询问，于是写下一首诗寄予张籍。

［明］佚名《牧牛读书图》（局部）

近试上张籍水部

[唐] 朱庆馀

洞房昨夜停红烛，待晓堂前拜舅姑。

妆罢低声问夫婿，画眉深浅入时无。

按照古代风俗，头一天晚上结婚，第二天清早新娘要拜见公婆。对于新娘来说，这绝对是一件大事，所以她一早就起床用心梳妆打扮，等待天亮后好去堂前行礼。这时，她心里不免有点嘀咕，于是带着羞涩，悄声问问丈夫，自己的打扮是不是很时髦呢？能不能讨公婆的喜欢呢？

朱庆馀以新娘自比，以新郎比张籍，以公婆比主考官，借以征求张籍的意见。对于新娘来说，是否得到公婆的喜爱，关系到自己在家中的地位和未来的处境；对于应试的考生而言，能否得到主考官的青睐，则关系到自己一生的命运。朱庆馀的这首"闺意"诗，让张籍连连称妙，张籍也给出了明确的答复。

酬朱庆馀

[唐] 张籍

越女新妆出镜心，自知明艳更沉吟。

齐纨未足时人贵，一曲菱歌敌万金。

张籍将朱庆馀比作一位采菱姑娘，貌美歌亮，必然受到人们的赞赏，暗示他不必为这次考试担心。果然不出所料，经过张籍的宣传和引荐，朱庆馀一举高中。这一组问答可谓是匠心独具，流传千古。

读书不光能够通向达官显贵，更重要的是可以提升个人的内在修养，就像孔子教育孔鲤所说："不学诗，无以言，不学礼，无以立。"（《论语·季氏第十六》）

在孔子的时代，天下诸侯割据战争不断，他曾周游列国希望能得到重用，传播自己的政治思想，以此来拯救混乱的世道。后来孔子回到鲁国专心讲学，将他的知识和思想都教给弟子，希望他们能成为道德高尚的君子、成为治国理政的人才，用他们的才华和能力来改变这个世界，让天下恢复安宁与和平。耕田种地能填饱一个人的肚子，参与政治却有可能改变所有人的生活。因此，孔子认为有才能的君子应该以天下为己任，辅助国君治理国家，教导人民重视礼义。如果一个人不能读书做官，那他也应该以高尚的人为榜样，把自己的本职工作做好。

怎么才能成为一个有道德有才能的君子呢？孔子的答案是读书和学礼。据《论语》记载，有一天孔子的儿子孔鲤正要出门，见父亲站在庭院中，于是趋庭①而过，这时候孔子叫住他问："今天读《诗经》了吗？"

孔鲤心虚地回答："还没有。"

"不读《诗经》你怎么和别人交谈？"孔子教导他道。

［清］王翚《山窗读书图》（局部）

---

① "趋"指低下头小步快走的样子，表示对长辈的恭敬。

几天后孔鲤经过庭院时又看见孔子站在院子里，孔鲤心想："幸好我今天读过《诗经》了。"

孔鲤行完礼后孔子却问他："你今天学礼了吗？"

"还没有。"孔鲤很羞愧，低下头不敢再说话。

孔子继续教导他："不学礼你怎么能学会做人？怎么能在社会上立足？"

在孔子看来，读书和学礼是君子在社会上安身立命的必要条件。不仅为了"饱读诗书取卿相"，更是为了"腹有诗书气自华"。

和董传留别

[北宋] 苏轼

粗缯大布裹生涯，腹有诗书气自华。

厌伴老儒烹瓠叶，强随举子踏槐花。

囊空不办寻春马，眼乱行看择婿车。

得意犹堪夸世俗，诏黄新湿字如鸦。

《和董传留别》是苏轼离开凤翔府回长安时写给好友董传的一首赠别诗，诗中的董传生活贫困但饱读诗书，胸怀远大的志向，苏轼认为他有朝一日必定能金榜题名一展才华。

"腹有诗书气自华"一句广为传颂，其中的"诗"和"书"最初就是指儒家的经典《诗经》《尚书》，在这里泛指书籍。苏轼夸赞董传勤于读书，即使是粗糙布衣也掩盖不了他的精神和风度，自有一种儒雅之气流露出来。苏轼诗中的董传是古代读书人中一个很典型的代表：出身贫寒，但志向高远，通过科举考试崭露头角，走入仕途。

孔子认为，国家的治理依靠君子，而读书和学礼是成为君子的必要条件。科举制实现了孔子的理想，将读书人的前途与儒家经典相关联，将礼义之道与治国理政相结合。方块字里不仅藏着智慧的星光，也藏着向上攀登的阶梯。

"道"是什么？老子说："道可道，非常道，名可名，非常名。"这句话晦涩难解，但是从一些诗篇中我们能读到文人们所理解的"道"：是一种顺其自然的状态，是一种无拘无束的自由，也可以是一种看淡名利的洒脱，还可以是一种个人情感的宣泄。或许正是因为老子没有对"道"做出一个明确的解释，后人才能阐发出诸多值得我们琢磨的"道"义。

寻雍尊师隐居

[唐] 李白

群峭碧摩天，逍遥不记年。

拨云寻古道，倚石听流泉。

花暖青牛卧，松高白鹤眠。

语来江色暮，独自下寒烟。

"尊师"是古人对道士的尊称，李白此诗记叙了自己到山中寻访这位隐士时的所见所闻。

雍尊师隐居在深山之中，四周峭壁高耸入云，将人烟隔绝在外。诗人不禁感叹：住在这仙境一样的地方该是多么逍遥自在啊，一个人无拘无束没有琐事打扰，长此以往连人间的年月都要记不清了。每向前走一步就像是从云雾中穿过一样，走累了就随意靠在石头上休息，静静地听着清泉流动泠泠作响，洗去一身的疲惫。

李白不辞辛苦去拜访的雍道士是一位怎样的人呢？"花暖青牛卧，松高白鹤眠"，诗人并没有直接告诉我们，而是通过"青牛"与"白鹤"两个典故来突出雍道士的高深与不凡。

老子年轻的时候在东周做官，负责管理藏书，学识非常渊博。后来周王室衰落，诸侯王们渐渐不再服从周王的命令，为了扩充自己的领土，纷纷起兵攻打弱小的诸侯国，天下陷入一片混乱。老子主张无为而治、顺应自然，反对巧取豪夺和争名夺利，但当时各国积极抢夺地盘，老子不愿卷入无意义的政治斗争中，萌生了避世隐居的想法，于是骑着一头青牛向西行去。

西边有一处关隘叫作函谷关，函谷关的守令尹喜擅长观天象、卜吉凶。他看到东方升起一片紫色的烟霞，缓缓向关隘处移来，卜卦之后心中大喜，吩咐守关的士兵道："将有一位圣人经过，你们见到气质不凡者立即上报，切不可怠慢。"

第九天清晨，尹喜沐浴更衣、吃素戒酒，登上函谷关等待圣人的到来。到了傍晚的时候，他看到一位老人骑着青牛从东边走来，须发皆白，一副淡然从容之貌。尹喜见此人气度不凡，连忙下去迎接，拱手行礼道："敢问尊驾可是从王室而来？"

老子颔首，摆摆手说："不必再多问，正是你心中猜测的那个人。"

尹喜将老子请到府中，恭敬地对老子说："听闻先生将要隐居，不知您可愿暂留几日，我为人愚笨，盼望能借此机会聆听您的教诲。"

老子见尹喜十分诚恳，便为他讲述"道德"的含义，老子所言后被整理成五千余字的《道德经》。老子骑青牛出函谷关后就再也没有人见过他了，只有这一本《道德经》留给后人。后来，人们便用"青牛"的典故来指称圣人隐居而去。

"白鹤"讲的是另一位得道仙人的故事。相传西汉时期有一位叫丁令威的道士，曾在灵虚山隐居修道，忽然有一天得道成仙，临飞升之时他想回家乡看一看，于是化作一只白鹤飞向辽东郡，中途飞累了，便停在城门口的华表柱上休息。这时有一个调皮的少年路过，看到这只漂亮的白鹤后拿起手中的弹弓想要将它射下来，白鹤见状凌空而起，在少年头顶盘旋，边飞边唱："有鸟有鸟丁令威，去家千年今始归。城郭如故人民非，何不学仙冢累累。"

少年大惊，回家之后发起了高烧，昏迷之际学着仙鹤喃喃自语。

村里的人议论纷纷，都说这个孩子是得罪了神仙，这才受到了惩罚。一位白发苍苍的老人想起小时候听说的故事：有一位姓丁的少年告别父母去灵虚山学道，但是直到双亲去世都没有回乡，村中的人也因此不再允许子女外出学道。少年的家人听到这个故事后，在村口修建了一个小小的道观，门口立着两只白鹤石雕，取名"白鹤观"以纪念丁令威。"白鹤"就此成了一个典故，用来指修道成仙之人，后人也用"白鹤归"或"千岁鹤"来表示对家乡的思念。

［明］边景昭《竹鹤图》

李白认为雍尊师就如同"青牛白鹤"故事中的老子、丁令威一样令人崇敬，是一位道行高深的隐士。寻到隐士之后，李白与他相谈甚欢，直到暮色笼罩之时才依依不舍地分别下山。

李白崇尚自由，喜好寻仙问道，但他并不是像诗中的隐士一样隐匿于深山丛林中不问世事。与此相反，他坚信"天生我材必有用"，有朝一日必能登庙堂之高，大展宏图。然而，李白放浪不羁的性格在官场上时常为保守派所不喜。

李白在渝州（今重庆）时曾去拜见一位叫李邕的大官，李邕早已听闻李白才子的名声，初见之时对李白颇为欣赏，接触之后却认为李白不讲究礼节、高言阔论毫不谦虚，对待李白的态度也变得冷漠起来。李白自信且高傲，临走之时也没有虚情客套，而是写了一首《上李邕》来表达自己的不满。

上李邕

[唐] 李白

大鹏一日同风起，扶摇直上九万里。

假令风歇时下来，犹能簸却沧溟水。

世人见我恒殊调，闻余大言皆冷笑。

宣父犹能畏后生，丈夫未可轻年少。

　　"白鹤"与"大鹏"都是李白很喜欢的典故，前者象征着高洁的精神，后者象征着凌云的志向。

　　"大鹏"的典故出自庄子的《逍遥游》。传说在北海里有一条叫鲲的大鱼，游在水中有数千米长。鲲后来想迁徙到南海去，于是就变化成一种叫鹏的大鸟。鹏的脊背也有几千米长，双翼展开就像云彩一样笼罩在大地上，拍打翅膀在海面上能激起三千里巨浪，借着风力能飞上九万里的高空。鹏鸟在高空中飞翔，地上的房屋树木和人类就像蚂蚁一样渺小，它穿梭在云层之上，不受任何束缚，只凭借着风就能到达万里之外。树梢上的蝉和小麻雀讥笑大鹏道："我们奋力一飞就能站在大树的顶端，飞不上去的话也没关系，站在地上也能吃到谷粒，为什么一定要飞到南海去呢？飞九万里高，翅膀都要累断了，真是自讨苦吃。"

　　鲲鹏志向远大，想要翱翔于天地之间不受任何的羁绊，想要飞往更宽广的南海实现自己的理想，像小斑鸠这样的鸟雀无法理解鲲鹏对自由的追寻。鲲鹏的躯体虽然仍需凭借海浪、大风才能远行，但是在精神上它尽力去追求绝对的自由，达到悠游于世的状态。

　　李白在诗中将自己比作庄子诗中的大鹏鸟，有着直上云天和簸却沧溟的能力，但李邕却像是《逍遥游》中的斑鸠一样，在他籍籍无名之时冷眼嘲笑。"宣父犹能畏后生，丈夫未可轻年少"一句更是在质问李邕，孔夫子还曾说过

"后生可畏"①，而你德行学识都不如孔子，怎么敢轻视一个前途无量的年轻人呢？正是抱有这种强烈的自信，李白一生豪迈洒脱，虽怀着强烈的报国情怀，但却仕途曲折，只能寄情山水，以追求自由的精神隐居。"五岳寻仙不辞远，一生好入名山游。"（《庐山谣寄卢侍御虚舟》）李白不仅与杜甫、高适相约一起采仙草、炼仙丹、求仙人，还给自己取了一个"青莲居士"的别号，可见他崇道之深。

李白晚年在经历永王李璘的事件后，被流放夜郎，遇赦后重游庐山：照一照庐山的石镜，能不能窥透我的内心；吃两颗仙丹，修炼升仙，让我飞到九天之外。看呐，神仙已经在彩云里向我招手，邀请我和好朋友一起共游太清仙境。

这样的恣意纵情，表达了李白想要游仙访道、超脱现实的避世之情。

［明］蒋嵩《渔舟读书图》（局部）

---

① 《论语·子罕》："子曰：'后生可畏，焉知来者之不如今也？四十、五十而无闻焉，斯亦不足畏也已。'" 孔子的意思是：年轻人是值得敬畏的，你怎么知道后一代不如前一代呢？如果一个人到了四五十岁时还无所成就，那他才没什么值得敬畏的了。

庐山谣寄卢侍御虚舟（节选）

[唐] 李白

好为庐山谣，兴因庐山发。

闲窥石镜清我心，谢公行处苍苔没。

早服还丹无世情，琴心三叠道初成。

遥见仙人彩云里，手把芙蓉朝玉京。

先期汗漫九垓上，愿接卢敖游太清。

　　庄子继承了老子"道"的思想，主张世界上的一切纷争都如尘土一样没有意义，追寻精神的自由和逍遥，这种看淡得失、超绝尘世的思想影响了不少文人。白居易曾写过一组饶有趣味的五言诗《不如来饮酒》来劝慰世人不必在乎虚名浮利，而要追寻精神的充盈和满足。

不如来饮酒（其七）

[唐] 白居易

莫入红尘去，令人心力劳。

相争两蜗角，所得一牛毛。

且灭嗔中火，休磨笑里刀[①]。

不如来饮酒，稳卧醉陶陶。

　　这首诗的语言简洁朴素，晓畅易懂。开篇就劝告大家，不要费尽心思在红尘世界中奔波，落得心力交瘁的下场。"相争两蜗角，所得一牛毛"一句引用了《庄子·则阳》中的典故。

　　这是一个令人啼笑皆非的故事：从前有两个国家，一个叫触氏，一个叫

---

①笑里藏刀：指对人外表和气但心思却十分歹毒。该成语出自刘昫《旧唐书·李义府传》："义府貌状温恭，与人语必嬉怡微笑，而褊忌阴贼。既处要权，欲人附己，微忤意者，辄加倾陷。故时人言义府笑中有刀。"

蛮氏，这两个国家一直不怎么对付，时常因争夺土地爆发战争，每次开战都要打个你死我活，甚至追赶逃兵也要派遣大量兵力，十多天后才能回到各自的国家，在战场上死去的士兵有数万之众。但出人意料的是，这两个国家分别位于蜗牛的两只触角之上，他们所争夺的土地在我们眼里根本不值一提。

白居易化用庄子的寓言告诫人们，不要再像触氏、蛮氏一样拼死争夺了，兵戈相见所为几何？不过是像牛毛一样微不足道的利益。人生一世，无须生气恼怒，也不要笑里藏刀包蕴祸心，不如一起饮酒，放松心情吟诗作乐。

为什么唐代诗人中崇道之人如此之多？这与唐朝统治者对道教的推崇有关。李唐皇室追认老子李耳为其始祖，并对遵奉老子为教主的道教特别眷顾。唐高祖曾表示："老教、孔教，此土之基；释教后兴，宜崇客礼。今可老先，次孔，末后释宗。"这就奠定了道教在唐朝的地位。唐玄宗更是掀起了崇道学玄的高潮，不仅亲自注解《道德经》，还提高了《道德经》在科举考试中的地位，道观、道士也就会不时出现在诗人的笔下。

［明］万邦治《醉饮图》（局部）

游玄都观

[唐] 刘禹锡

紫陌①红尘拂面来，无人不道看花回。

玄都观里桃千树，尽是刘郎去后栽。

　　刘禹锡在永贞年间曾参与过王叔文领导的变法，革新失败后被贬为朗州司马。十年之后他被皇帝重新召回，回到京城后他借玄都观桃花来讽刺当时的权贵，写下了《游玄都观》一诗。

　　长安城道路上人来人往，扬起阵阵尘土，人们赏花回来都讨论着玄都观里的盛景，那里栽着千万株桃树，都是"我"被贬朗州后新种下的吧。从表面上看，诗人描写了春日里游人观花的繁华之景，其实诗中的字字句句都是深含寓意的。

　　诗人被贬朗州十年，回来之后已是物是人非了，当年忙着拜访他的人今日像看花的人一样另投他人门下，当初打压他的高官显贵们像种桃道士一般在京城扶植新人，培植一片新的强大的势力。

　　刘禹锡也因这首诗里的政治寓意再次得罪丞相武元衡等人，被贬到更为荒远的岭南。但是刘禹锡的政治生涯并未就此结束，后来武元衡等人势力衰落，十四年后刘禹锡又回到了长安。这时的玄都观已经不复往日的光辉，刘禹锡再度游览道观后写下《再游玄都观》一诗，诗中的嘲讽之意丝毫未减，但多了一份乐观与自信。

再游玄都观

[唐] 刘禹锡

百亩庭中半是苔，桃花净尽菜花开。

种桃道士归何处，前度刘郎今又来。

---

①紫陌：指都城长安的道路。

当初桃花盛开的庭院如今已经有大半成了青苔地，质朴的菜花盛开，取代了桃花烟霞的样貌，往日簇拥而至的游人又转向了别处，种桃树的道士也不知去了哪里，谁能料到当年的那个刘郎今天又站在了这里呢。

道士在刘禹锡的诗中成了迫害同僚、培植党羽的权贵，与李白诗中高洁傲岸的雍尊师相去甚远。其实，无论是李白、苏轼还是刘禹锡，每个人对"道""道家"或者是"道士"的理解都是随着自身的心境而变化的，形象和故事只是一个窗口，通过不同的窗口我们能够看到诗人们的思想和经历。

儒家思想是中国传统文化的主流思想，但这并不意味着历朝历代儒家思想都居于主流，魏晋南北朝时期道教、佛教盛行，儒家的正统地位受到挑战。此后中国的文人时常摇摆在儒、释、道三家之间：进取功名时向儒，独善其身时学道，隐逸山水时论佛。

枫桥夜泊

〔唐〕张继

月落乌啼霜满天，江枫渔火对愁眠。

姑苏城外寒山寺，夜半钟声到客船。

《枫桥夜泊》是唐诗中写愁的代表作，"愁"本身是一种隐秘微妙的情感，但是在张继的笔下却化作了江南萧瑟的秋夜。月落乌啼、江枫渔火、夜半钟声，句句写景，却又在句句写愁，诗人这样浓厚的愁意又是因何而生呢？

张继在唐玄宗天宝十二年（753年）考中了进士，但是却在铨选中落榜了，之后的两年间张继来回奔走于长安和家乡之间，拜谒当时的名人豪士，期待能得到举荐。然而造化弄人，他没有等到皇帝封官的诏书，却等来了安史之乱和唐玄宗仓皇南逃的消息。安史之乱初期，北方迅速沦陷，但江南地区尚未受到过多烽火的波及，因此许多文人都纷纷逃亡江南避难，张继也随之前往。

在姑苏城外，张继客居船上，望着冷清的江水和点点渔火，听着寒夜中传来的乌鸦啼叫和空寂的钟声，不禁倍感凄凉。考科举在复试中落选，遍访权贵却连高门都进不得，如今连皇帝都丢下长安逃到了别处，漂泊江上也不知道远方的亲故是否安好……国仇家恨、个人前程、故土思

［清］张宗苍《寒山晓钟图》（局部）

乡，诗人的种种愁思都凝聚在这一首七言短诗中。

安史之乱以后，张继决定投笔从戎，成为军队中的一位文官，用另一种方式施展抱负。后来还被擢升为盐铁判官，终于圆了年少时的功名梦。但不幸的是张继担任盐铁判官一年之后就去世了，好友刘长卿写诗悼亡曰："世难愁归路，家贫缓葬期。"（《哭张员外继》）张继一生坎坷，去世之后也因家贫不能及时下葬，他的骸骨也没能回到故乡。

张继命运的窄门在于当时的"铨选"制度。唐朝实行科举制以后，许多寒门的子弟也得到了参与考试的机会，这在九品中正制的年代是想都不敢想的。由于科考的人数过多，唐朝采用"铨选"的法子在进士当中再进行一轮筛选，这大约相当于我们今天所说的复试。如果说科举是应试教育模式下的考核，那么铨选就是素质教育模式的选拔。具体来说，铨选环节考的是"身、言、书、判"[①]："身"是指身体健康、仪表堂堂，"言"是指要口才伶俐、能言善辩，"书"是指擅长书法、字体俊逸，"判"是指断案文书要写得流畅优美、说理清晰。张继具体因哪一项标准落榜我们已难以考证。

张继诗中所说的"寒山寺"也与寒山的铨选落榜相关。寒山寺因寒山、希迁两位高僧的重建而得名。寒山出身富贵，饱读诗书，但是却因身材矮小在铨选中数次落榜。因感到无颜回乡，寒山只得旅居在长安城中。苦闷之时，他经常到山林中散心，或是出入古寺与僧人们谈佛讲经，碰见云游四方的道士也时常与其同行。逐渐地，他放弃了科举入仕的愿望，决定遁入空门做一个闲散的隐士，似佛又似道。传说他用树皮缝帽子，衣衫破烂也不在意，在山林中遇见孩童便与他们一同嬉闹，走在路上喃喃自语，说着人们听不懂的"怪话"。

不过，寒山虽放弃了科举为官之路，但他却将儒学融入了佛道之中，成就了独特的寒山诗。他用浅显易懂的诗句来讽刺社会中的种种不公平；他好山水，喜欢描写自然之趣，颇有隐士的风范；好钻研佛法，诗中充满因果哲理。正如他诗中所说："解讲围陀典，能谈三教文。""围陀"是佛教的一位菩萨，传说佛祖释迦牟尼涅槃时，有邪魔将佛的遗骨抢走，是韦驮夺回了遗骨，佛教便把他看作驱除邪魔、保护佛法的大菩萨。其中的"三教"指的就是儒、佛和道。佛教并不是中国的本土宗教，而是在东汉时期自印度传入我国的，这样一个外来的宗教如何能与儒、道并称形成"三教"呢？佛教的兴盛还应追溯回南北朝时期。

---

① 《新唐书·选举制》：凡择人之法有四：一曰身，体貌丰伟；二曰言，言辞辩正；三曰书，楷法遒美；四曰判，文理优长。四事皆可取，则先德行；德均以才，才均以劳，得者为留，不得者为放。

江南春绝句

［唐］杜牧

千里莺啼绿映红，水村山郭酒旗风。

南朝四百八十寺，多少楼台烟雨中。

杜牧的这首诗历来被看作描摹江南春景的佳作，但这首诗的韵味远不止江南烟雨。

杜牧生活在晚唐时期，当时的统治者也像南朝的统治者一样好佛道，大修寺庙。诗人奉命前往淮南拜访当地节度使，途中经过江宁、扬州等地，提笔写下了这首《江南春绝句》。诗中的前两句描绘了江南明媚的春景：花红柳绿，莺歌燕舞，城郭依山傍水，村中的酒旗迎风招展。但在烟雨中诗人还看到了一番独特的景致：南朝早已覆灭，但南朝建造的一座座佛寺却还矗立在唐朝的风雨中。

魏晋南北朝是中国历史上一段大动荡、大分裂时期，烽火连年，民不聊生。战乱最直接的后果就是破坏土地和生产，大量的青壮年被拉去充军，农村只剩下老弱妇孺，耕田的收成微薄还要缴纳赋税，底层人民连吃饱穿暖都是一种奢望。当生存无望时，农民便极易掀起暴动，统治者怎么维持政权的稳定呢？魏晋南北朝的许多统治者大兴佛、道两教，告诉人们只要忍受这一世的苦难就能成仙成道、换取来世的幸福，用这种虚空的精神寄托来压制人民起义的想法。

在政治上，这一时期奉行九品中正制，选官的权力把持在世家大族手中，出身寒微的读书人做官的途径极其狭窄，因此也有很多文人选择归隐，把情感寄托在道和自然中，或者是在佛经中寻求内心的宁静。

如此看来，佛教的兴盛是有助于缓解社会矛盾的，起码可以让人们迷醉在来世的幻象中，不再想反抗统治者的压迫。那杜牧为何认为南朝亡于佛教并担忧唐朝重蹈覆辙呢？

这是因为数百座佛寺的修建占用了大量的土地和钱财，耕地被挤占，所

［元］王蒙《关山萧寺》(寺庙部分)

消耗的大量物力也转嫁给了农民。在生存的压力之下，这些虚幻的精神慰藉总有一天会破灭。佛教刚传入中国时，出家人并不用参与劳动生产，也不需要缴纳赋税，每日只需讲经念佛就会有人捐助香火钱，朝廷还时常拨款供寺庙生存。在靠血汗吃饭的民众看来，这是一份相当轻松的营生，因此有许多好逸恶劳的人以出家的方式逃离耕作劳动和兵役。

此外，统治者爱好佛道，自然会掀起学佛向道的风气，长久以来被视作正统的儒学遭受冷遇。儒家所讲求的以天下为己任，追求报效祖国、重视纲常伦理的思想也被学佛者抛之脑后，这也影响着选官理政等国家大事。

唐宪宗当政后一心向佛，追求成仙和长生，荒废朝政，导致宦官掌权，最终自己也被太监杀死。穆宗、敬宗、文宗等皇帝继位之后依旧大兴佛道，杜牧诗中的"南朝四百八十寺"又何尝不是一种担忧啊。

左迁至蓝关示侄孙湘

［唐］韩愈

一封朝奏九重天，夕贬潮州路八千。

欲为圣明除弊事，肯将衰朽惜残年。

云横秦岭家何在，雪拥蓝关马不前。

知汝远来应有意，好收吾骨瘴江边。

杜牧的担忧并没有为他招致祸害，而韩愈的担忧却险些让他丧命。宪宗在位时，听说凤翔府法门寺真身塔中有一截释迦文佛的指骨，宦官为讨皇帝的欢心提议将这截佛骨迎入宫廷供奉，宪宗采纳了这个建议，派宦官去迎佛骨，并送往各个寺庙祈福，要求当地的官民去上香跪拜，以示虔诚。

韩愈对此倍感荒谬，皇帝不读四书五经、不劝学劝农，反而要耗费大量民力物力迎接一根佛骨，对国家有害无益，于是写下一篇《谏迎佛骨表》，力图劝阻宪宗的荒唐行径。宪宗看后勃然大怒，要立即处死韩愈。后来经朝中官员说情，便将他贬到偏远的潮州。

潮州在今天广东省的东部，远距长安千万里，途中尚需翻山越岭，车马难行，当时韩愈已经五十一岁了，身体也非常不好，但仍冒死进谏，正如诗中说的"肯将衰朽惜残年"。当韩愈走到长安附近的蓝田县时，他的侄孙韩湘来陪他前行，韩愈想到自己一生鞠躬尽瘁，晚年却因正直劝谏险些丧命，年老体衰不知是否能撑得过这八千里的长路，便与韩湘两人相视痛哭，说："你远道而来，应该知道我这次凶多吉少了，正好能在潮州殓收我的骸骨啊！"

杜牧和韩愈身处的时代让他们不得不警惕佛教带来的颓靡之气，其实总体而言，中国文人对待佛教的态度是欣赏与宽容的，佛教能让人透过浮华看到生命的宁静与真纯，这一点同道家求自然的心态多有相似。如果说儒学是一把进取报国的利剑，那么佛道就是一片隔绝外物的竹帘。

身为盛唐诗坛极其耀眼的明星，王维在宦海中起伏一生，同样只能在佛学中追求内心的宁静。王维才华早显，二十岁中进士，写得一手好诗，且工于书画，他的作品常常是"诗中有画，画中有诗"（苏轼语），钱锺书称其稳坐"盛唐画坛第一把交椅"。不仅如此，王维还精通音律，作为誉满盛唐的文艺青年，深得京城王公贵族的喜爱。

有一次，王维与朋友们品鉴一幅宫廷奏乐图，众人猜测画中乐师所奏为何曲，议论纷纷却无定论。王维在仔细端详了画中乐师们的姿态后，笃定他们演奏的乃《霓裳羽衣曲》的第三叠第一拍。众人不信，请来乐队当场表演。正当此曲奏至此叠此拍时，现场乐师的动作、神态、表情居然与画中乐师分毫不差。众人哗然。

这样一位德、智、音、美"四好"才子，也有着至深的佛教情结。王维的母亲学佛信佛，这对王维产生了较大的影响。王维进入仕途后，经历了嘈杂与烦嚣，愈发觉得宁静与自然才是自己向往的生活。于是半官半隐，寄情山水田园，在淡泊的禅意里，享受独属于自己的一份闲逸恬静，号为"诗佛"。

鹿柴

［唐］王维

空山不见人，但闻人语响。

返景入深林，复照青苔上。

［清］王原祁《辋川图》（局部）

唐天宝年间，王维在终南山购置了辋川别业，隐居于此。辋川有胜景二十处，当时王维与他的好友裴迪逐一为其景作诗。鹿柴就是辋川别业的胜景之一。在这首诗中，王维创造了一种幽深而光明的象征性境界，将作者心中的禅意渗透于对自然景色的生动描绘中，表现出作者在深幽的修禅过程中的豁然开朗。王维的诗歌喜用"空"字，"空山""空林"等极为常见，富有禅意，又耐人寻味，见证了他心中有佛的淡泊情怀。

辋川隐居的生活清净悠闲，也给王维带来了很多创作灵感，在此期间佳作不断。"野老与人争席罢，海鸥何事更相疑。"（王维《积雨辋川庄作》）久居于此，京官王维似乎已经融入当地村人山夫的生活中，村里的人敢与他争席而坐，大家相处得分外和谐，就连山上的禽鸟也与他十分亲近。辋川已经成为王维的乐土了。

有人志在庙堂，期待"春风得意马蹄疾，一日看尽长安花"（孟郊《登科后》），站在青云之端施展谋略才华。有人向往山林田园，在"沧江白石樵渔路，日暮归来雨满衣"（李商隐《访隐者不遇成二绝》）中觅得心灵的宁静。也有人愿追寻佛旨，一生探寻"身是菩提树，心如明镜台"（惠能《菩提偈》）的玄妙与幽微。儒、释、道以不同的方式阐述着生命的要义，因有了不同的生命追寻，各异的灵魂才找到各自适宜的栖息地。

第七章

王侯将相

陈胜、吴广起义时以"壮士不死即已，死即举大名耳，王侯将相宁有种乎"为号令，掀起了轰轰烈烈的反秦斗争。一句口号为何有如此大的魔力，能令天下的农民都团结起来去反抗秦王朝的统治？

人们津津乐道于"春宵苦短日高起，从此君王不早朝"（白居易《长恨歌》）的帝王风流。"王侯将相"历来占据着世间最显赫的地位，享受着底层人民难以企及的荣华富贵。殊不知，尊贵的天子在生离死别之后也会遗恨悲叹："如何四纪为天子，不及卢家有莫愁。"（李商隐《马嵬》）世家贵族煊赫一时，从前人们艳羡"黄金为君门，白玉为君堂"（汉乐府《相逢行》），这种艳羡却在某一天会变成"朱门酒肉臭，路有冻死骨"（杜甫《自京赴奉先县咏怀五百字》）的唾弃。沙场征战时，将军也有两面，高适曾言"君不见沙场征战苦，至今犹忆李将军"（《燕歌行》），也曾言"战士军前半死生，美人帐下犹歌舞"（《燕歌行》）。

史书中的王侯将相或贤明善治，或昏庸腐败，而诗词中的王侯将相则多了几重面貌：他们身上披着世间的荣耀，也沾染着浮尘；他们心中有着欢喜和任性，也有无奈和悲哀；他们胸中有百万雄兵，身后也有荒芜坟冢。"功过"从来不是评价帝王将相的唯一标准。

中国历史上有四百余位皇帝，有的贤明善治缔造出一个王朝盛世，有的昏聩荒淫任由河山败落，还有一些帝王资质平平却被推上了天子之位，更有的"本是风流多情种，奈何错生帝王家"，他们的才华不在朝政之上，只醉心风月，将浪漫和多情写进诗词歌赋，任由后世吟咏评说。

泊秦淮

〔唐〕杜牧

烟笼寒水月笼沙，夜泊秦淮近酒家。

商女不知亡国恨，隔江犹唱后庭花。

杜牧的《泊秦淮》与《江南春绝句》作于同一时期，笔法、情感尤为相似。正如《江南春绝句》的诗魂不在江南烟雨春景，《泊秦淮》的深意也掩盖在秦淮河的月夜之下。在杜牧眼中，两岸璀璨的灯火之下是王朝末世的阴影，商家歌女吟唱的靡靡之音更像是一曲亡国的哀乐。

歌女所唱的"后庭花"究竟是一首什么样的曲子，惹得词人如此厌恶忌讳，甚至将它与"亡国恨"相关联？

玉树后庭花

〔南朝陈〕陈叔宝

丽宇芳林对高阁，新妆艳质本倾城。

映户凝娇乍不进，出帷含态笑相迎。

妖姬脸似花含露，玉树流光照后庭。

花开花落不长久，落红满地归寂中。

"后庭花"原本是江南地区一种花的名字，因多栽种于庭院之中而得名，传说盛开时花朵洁白，树冠如玉，因此又有"玉树后庭花"的美称。后来人们以花名入曲，谱成一首民间情歌《后庭花》。到了南朝时期，陈国的皇帝陈叔宝将此曲重新改编，创作《玉树后庭花》一曲，用后庭花来比喻宫中妃子仪态娇柔、美貌动人。陈后主每逢宴饮必奏此曲，许多大臣投其所好，命府中歌姬舞女勤加练习，在宴席上为后主轮番演绎《玉树后庭花》，整个朝廷都弥漫着一股享乐颓靡之气。

传说隋朝的军队即将攻进陈国的都城时，陈后主没有丝毫察觉，还在宫中与宠妃饮酒作乐，他最宠爱的妃子张丽华吟唱着《玉树后庭花》，孔贵嫔在殿中翩翩起舞。顷然之间，敌军攻破城门，陈后主这才从温柔乡中惊醒过来，带着张、孔两位妃子仓皇出逃。

隋军搜遍六宫都没有找到陈叔宝和两位后妃的影子，有士兵听见景阳殿后的枯井里传来窸窸窣窣的声音，走近之后响声又消失了，士兵探身向井里窥视，只见里面黑黢黢的，深不见底，问："井内可是陈皇帝？"

接连问了好几遍也没人回应，他捡起一颗石子投了进去，听见井中"哎哟"一声，士兵们哈哈大笑，说："井里的人再不出来，我们就要往里扔大石头了，砸到头上命就保不住了。"

陈后主慌忙出声求救："勿要落石，朕在井里！"

士兵们找来一根绳索扔了进去，只听见井里响声不断，良久之后陈叔宝才让他们向上拉自己。起初两个士兵攥着绳索怎么也拉不动，还以为是后主每日贪食酒肉长得太胖了，最后四五个士兵齐上阵才将绳子拉了上来，只见绳子的另一端捆着后主和两位爱妃，三人抱作一团瑟瑟发抖。由于井口狭窄，张贵妃嘴上的胭脂蹭到了井边，后人便把这口井称作"胭脂井"。

除了"胭脂井"的雅称，这口井还有个羞耻的名号——"辱井"。《玉树后庭花》中所唱的"花开花落不长久"俨然是陈国命运的写照，此曲也被看作是亡国之音。

其实，亡国的不是这首《玉树后庭花》，而是沉湎于酒色、不顾朝政的陈后主。杜牧诗中嘲讽的也不是无知的商家歌女，而是那些像后主一样醉生梦死的高官权贵，他们察觉不到国家的危难，沉迷在烟花柳巷中让商女们唱着《玉树后庭花》。

杜牧的忧国之心在组诗《过华清宫》中表现得更为明显，相比于借商女奏乐讽刺权贵，这组诗直接以唐玄宗晚年昏政为例，提醒统治者要以朝政为先，不要沉湎在欢愉享乐当中。

过华清宫绝句三首（其一）

[唐] 杜牧

长安回望绣成堆，山顶千门次第开。

一骑红尘妃子笑，无人知是荔枝来。

华清宫在骊山之上，宫内置有温泉，相传是唐玄宗为宠妃杨玉环修建。为讨杨贵妃欢心，玄宗还在华清宫两侧山岭上遍种四季常青的草木，称为"东绣岭"和"西绣岭"。我们今天常吃的荔枝中有一个品种叫妃子笑，就来源于杜牧的这句"一骑红尘妃子笑，无人知是荔枝来"。

据《唐国史补》记载，杨贵妃生在四川，尤其喜欢吃荔枝。进宫之后唐玄宗命各地官员寻荔枝进贡，其中岭南地区的荔枝品质最佳，贵妃吃后赞不

[北宋] 赵佶《写生翎毛图》（局部）

绝口。玄宗为此特意修建了一条驿道，这条唐朝的"高速公路"途经广东、广西、四川等盛产荔枝的地方。荔枝成熟时，当地的官员会选派最优秀的"骑手"，快马加鞭，昼夜不歇，接力将荔枝送到长安。据说荔枝送到贵妃手中时还常常挂着新鲜的露珠。

一筐荔枝从枝头来到贵妃的面前，不知劳动了多少人马，可见玄宗对贵妃宠爱至深。白居易还曾作长诗《长恨歌》来叙述唐玄宗和杨玉环的爱情悲剧。

长恨歌（节选）

[唐] 白居易

后宫佳丽三千人，三千宠爱在一身。

金屋妆成娇侍夜，玉楼宴罢醉和春。

姊妹弟兄皆列土，可怜光彩生门户。

遂令天下父母心，不重生男重生女。

骊宫高处入青云，仙乐风飘处处闻。

缓歌慢舞凝丝竹，尽日君王看不足。

渔阳鼙鼓动地来，惊破霓裳羽衣曲。

后宫三千佳丽中，玄宗独宠杨贵妃一人。为她修建华丽的宫殿，与她形影不离，日日欢歌。甚至使杨氏一族都享受到"一人得道，鸡犬升天"的殊遇：杨玉环已故的父亲被追封为太尉齐国公，兄弟们因她而列土封侯，三个姐妹被封为一品韩国夫人、秦国夫人和虢国夫人。族兄杨国忠更是深受玄宗信任，从一个县尉逐渐升迁至宰相之位，把持朝政多年。其他与杨氏沾亲带故的人也都因此获得了种种利益。

杨玉环的境遇让当时的臣民颇为羡慕嫉妒，一度改变了千百年来重男轻女的社会观念。家家户户都巴望着能养育一个明媚娇艳的"杨玉环"去光耀门楣，带着整个家族飞黄腾达，民间有歌谣唱道："男不封侯女作妃，看女却为门上楣。"①

　　杨玉环不仅有羞花之貌，还是唐玄宗的知音。相传玄宗有一日对月饮酒，酒醉之时身体慢慢变得轻飘飘的，一直飘到了月亮上。月亮上有一处白玉建造成的宫殿，四角坠着星星照明，他循着一阵悦耳的仙乐走去，见一位女子身着白色衣裙伴着乐声在桂花树旁翩跹起舞，她的衣裳随着舞姿流动着淡淡的光彩。玄宗陶醉在这美妙的歌舞中，和着乐声轻轻地哼唱起来。

　　这时一阵清风吹来，女子身上的纱巾飘落到玄宗身边，玄宗俯身捡起，正要送还给女子时却发现眼前空无一人。他绕着宫殿走来走去，怎么也找不到刚刚跳舞的女子，在大殿里，玄宗遇见一位白发道士，于是问他："你是何人，可曾到见一位女子？"

　　道士拱手道："我是月宫中的道人，陛下夜临月宫，方才见到的乃是殿中

［明］仇英《人物故事图》（贵妃晓妆部分）

---

① ［唐］陈鸿《长恨歌传》。

的仙娥。仙娥来去无迹，行踪无人知晓。"

玄宗拿出手中的纱巾又问道："朕在殿外拾得此物，你可否替朕交还予她？"

道人再拜，对玄宗说："这是仙娥的霓裳羽衣，由七色彩云织成，既被陛下捡到，想必是仙娥有心馈赠。"

玄宗还想再问这仙娥姓名，却见宫殿开始摇晃颤动，他一不留神跌倒在地上。玄宗陡然惊醒，原来刚刚在月宫中的所见所闻只是一场离奇的梦。醒来之后，玄宗对梦中的经历记忆颇清晰，他凭着回忆写下了仙乐的曲谱，命名为《霓裳羽衣曲》，并将仙娥的舞姿绘制下来，令宫人随乐起舞。但令玄宗遗憾的是，没有一位宫人能还原梦中仙娥的柔美舞姿。直到杨玉环穿上一袭素衣伴着曲子起舞时，玄宗恍惚间仿佛看到当日仙娥的影子，兴起之下拿起玉笛为她亲自伴奏。

此后玄宗每每得到了新乐谱必定与贵妃一同琢磨，一人奏乐，一人起舞，骊山深处日日丝竹声不断，正如白居易诗中所写"尽日君王看不足"。长此以往，朝政也就荒废了，换来了安史之乱的结局，霓裳羽衣舞也被渔阳的叛变惊乱。

随着玄宗南逃，《霓裳羽衣曲》被看作是荒淫乱国的象征，成为唐朝宫廷的一首禁忌之乐，久而久之也失传了。到了五代时，南唐后主李煜寻得一份残谱，而后与精通音律的周妃加以修补，如当年的玄宗、杨贵妃一般在宫中连日演奏，多次修缮后谱成新的《霓裳羽衣曲》，引为得意佳作。

李煜虽像陈后主陈叔宝一样没有治国的天赋，但是艺术造诣极高，除了音乐、舞蹈之外，还擅长绘画与诗文。

虞美人

[五代] 李煜

春花秋月何时了，往事知多少。小楼昨夜又东风，故国不堪回首月明中。

雕栏玉砌应犹在，只是朱颜改。问君能有几多愁，恰似一江春水向东流。

李煜前半生纵享声色，与周后琴瑟和鸣，作为亡国之君最终以一杯毒酒命丧黄泉。这首《虞美人》传唱千古，但鲜有人知这是他的绝命之词。

　　南唐亡国后，李煜被宋太祖软禁在都城汴京，三年里李煜虽未受到身体上的虐待，但是亡国的屈辱和别离的伤痛一直在折磨着他。七月七日既是七夕节，又是他的生日，他望着天上的一轮弯月，天上人间的有情人都在这一晚相聚，但是他现今却被拘禁在孤楼之上。当年与他在宫中奏乐起舞的周后早已香消玉殒，念及此，李煜心中悲凉万分。他提笔写下《虞美人》一首，令还留在他身旁的南唐宫人吟唱此曲。宋太宗听说以后勃然大怒，认为李煜仍怀着复国的心思，便用一杯毒酒将他赐死。

　　倘若陈叔宝、李煜等人不生在帝王之家，做个逍遥闲散的贵族子弟，后人记住的很可能就不是他们的昏庸，而是他们的才情。

在封建社会中，王公贵族围绕天子结成一个庞大的利益团体，他们一同开疆拓土、治国理政，也一同享受至高的尊荣和富贵。"天子"占据着最高的位置，掌控着最强大的权力，但是也时刻承担着被觊觎夺权的风险。在这个上层政治团体中，居于中心的皇帝时常变换，世家大族的命运也可能随着政权的更迭而起伏。

金陵五题·乌衣巷

［唐］刘禹锡

朱雀桥边野草花，乌衣巷口夕阳斜。

旧时王谢堂前燕，飞入寻常百姓家。

金陵曾是六朝古都，秦淮河两岸历来是达官贵人游乐宴饮之地。杜牧夜泊秦淮留下了"商女不知亡国恨，隔江犹唱后庭花"的千古绝句，与之相邻的朱雀桥、乌衣巷，在刘禹锡笔下却是另一番光景。

"乌衣巷"是金陵城内的一条街巷名，三国时期吴国的禁军曾在此驻扎，当时的禁军身着黑衣，所以这条街巷被当地人称作"乌衣巷"。秦淮河上当时架有二十四座浮桥，"朱雀桥"是其中最大的一座，也是去往乌衣巷的必经之路。东晋时期，两大丞相王导、谢安与族人在乌衣巷居住，巷中迎来送往都是高门权贵，桥上走过的都是香车宝马，一巷一桥就此成了世家大族的象征。

五百年后，刘禹锡来访，不见曾经的豪绅名士和乌衣郎君，只见朱雀桥边长满了野草野花，狭长的乌衣巷在夕阳斜照下显得宁静又古朴。曾经在王谢两家筑巢的燕子仍旧穿梭在小巷中，不过它们栖息的屋檐都已经变成了寻常百姓家。王谢家族的荣华富贵已经随着两晋的灭亡消散了，但是"王谢"的名号却留在了历史上，成为高门望族的代称。

魏晋时期，"王谢"的兴盛离不开两族的子弟门生，更离不开"九品中正制"。我们在选官制度中讲到，"九品中正制"的核心在于参照家世背景和个人德行来确定一个人的品级，选官的时候依照品级从高到低录取。一个人的德行修养可以依靠后天的培养，但是家族背景却早已注定。在这种制度下，王谢家族拥有着极高的政治地位，两家的孩子一出生就已经站在了官场的门前。加上良好的家风熏陶和文化教育，王谢子弟常以卓越的姿态站在同龄人之间，成为政治、文化领域的主导者。我们熟知的东晋的中兴名臣王导，大书法家王羲之、王徽之、王献之，指挥淝水之战的谢安、有咏絮之才的谢道韫、山水诗派的开创者谢灵运、名将谢玄，等等，都出自当时的王谢家族。

兰亭集序（节选）

[东晋] 王羲之

夫人之相与，俯仰一世。或取诸怀抱，悟言一室之内；或因寄所托，放浪形骸之外。虽趣舍万殊，静躁不同，当其欣于所遇，暂得于己，快然自足，不知老之将至；及其所之既倦，情随事迁，感慨系之矣。向之所欣，俯仰之间，已为陈迹，犹不能不以之兴怀，况修短随化，终期于尽！古人云："死生亦大矣。"岂不痛哉！

三月初三是古代传统的上巳节，在这一天人们通常结伴去水边沐浴，希望能洗去疾病祛除邪气，后来还增加了"流觞曲水"①和郊外踏青等活动，称为"禊礼"。在这一天，王羲之邀请谢安、孙绰等四十一位名流雅士在会稽山的兰亭中相聚。阳春三月正是野花烂漫的时候，山上遍种翠竹，溪水泠泠

① 觞就是酒杯，流觞曲水是古代的一种饮酒游戏。利用天然的溪流或者是挖一条蜿蜒的水道，将盛有酒的酒杯放入其中，酒杯顺水漂流，杯子停在某处时，离酒杯最近的人就要饮一杯酒或作一首诗。

作响，环境的清幽引出了众人流觞曲水、饮酒作诗的雅兴。此次游春共写下三十七首诗歌，汇编成一本《兰亭集》，王羲之在众人的推举下趁着酒兴挥毫写就《兰亭集序》。

无心插柳柳成荫，《兰亭集》中的诗篇虽在当时颇受追捧，但在唐诗宋词的光芒下就显得平平无奇了。而王羲之酒醉之后写下的序言历经千年却依旧光彩照人，在书法史上被誉为"天下第一行书"，在文学史上也有着举足轻重的地位。李商隐在送友人的诗中写道"兰亭宴罢方回去，雪夜诗成道韫归"（《令狐八拾遗见招送裴十四归华州》），其中就引用了王羲之和谢道韫的典故，赞美友人令狐绹及其妻子才华横溢、文采非凡。

魏晋时期人们崇尚佛教和道教思想，将传统儒家主张的治国理政、建功立业等事看作是俗事，文人名流聚会对这些俗事避之不及，唯恐沾上了功利的气息。当时的社会上盛行"清谈"之风，这种活动带有很强的社交属性，像兰亭聚会一样，出身于同一阶级的风流名士在一起饮酒作诗，谈佛论道，辩论生命、自然等哲学问题。

《兰亭集序》可以看作是"清谈"风气下的产物，但是又融合了儒家珍视生命等积极的人生取向。在王羲之看来，人的生命珍贵而又短暂，不知不觉间就走到了尽头。面对短暂的生命，有的人选择在静默的思考中感受生命

［明］文徵明《兰亭修禊图》（流觞曲水部分）

的价值，有的人则将生命的意义寄托在爱好之上，在广阔的天地间放纵生活。无论选择哪种生活态度，遇见自己喜欢的事物都会感到高兴和满足，时常会忽略衰老和死亡的临近。然而，喜欢是一种很容易消逝的情感，人们会对以前钟爱的事物产生厌倦，欢愉的心情也会逐渐消失。即便如此，当那些事物消散时，人们的心中还是会生出许多的感叹和不舍。与这些东西相比，生命的终结无疑是最让人痛苦和难以接受的。王羲之对生命的评述，在千百年后的今天也很有思考的价值。

当时的名门望族重视家风的培养，"王谢"等家族的子弟虽并非个个都像王羲之这般卓尔不凡，但在良好的教养之下，品德和文学艺术修养等方面要胜过普通人。因此当时的人对世家有着狂热的崇拜，这些大家族通常也自视甚高。

《世说新语·方正》中记载了王脩龄和陶范的一段往事。王脩龄是王家子弟，在东山隐居时生活贫困，几乎要无米下锅了，乌程县令陶范听说以后就运了一船的米送给他，王脩龄非但没有接受，还很傲慢地说："我要是饿肚子，自然会去谢家那里要饭吃，哪里轮得到你陶胡奴①给我送米！"

这个被王脩龄叫着小名讥讽的陶范是谁呢？其实，陶范的出身也并非一般，他的父亲是东晋的名将陶侃，在当时任荆州刺史，手中握有重兵，可以算作是当地人人巴结的土皇帝。但是陶家出身贫寒，即使后来迈入官员行列，在王谢这样绵延百年的大家族看来，他们就是一些没有文化的武夫罢了。

世家之间来往密切，时常举办清谈聚会联络感情，但即便是名门望族之间也会存在鄙视链。比如谢家家族的崛起要晚于王家这种"老牌贵族"，阮裕就曾讥讽谢家是"新出门户，笃而无礼"。

《晋书》中还记载这样一则故事：谢安和弟弟谢万曾路过吴郡，当时王导的儿子王恬在那里任太守，谢万提出要去拜访一下这个王家兄弟，但是谢安却说："还是不要去了，王恬生性傲慢，去了必定会受人羞辱。"

---

① "胡奴"是陶范的小名。

谢万想："谢家好歹也是一代名门，他能傲慢到哪里去呢？"于是不顾谢安的劝阻，孤身一人登门拜访。

谢万进门后被请到了客厅，王恬陪着他聊了几句，而后便起身进了内院。谢万见王恬并不像兄长说的那般倨傲，还以为王恬是进去给他准备好酒好菜呢，心里暗自高兴了一番，想着回去之后要向谢安好好显摆一番。事实证明是谢万过于天真了。

谢万在客厅里等了很久都不见王恬出来，眼见着就要错过饭点儿了，王恬才出现。不过他手里空无一物，不仅如此，还披头散发的，原来他是到里面洗澡去了。洗完之后也不在乎待客礼仪，径直穿过客厅，坐在庭院中优哉游哉地晒头发，就好像谢万这个人从未存在一样。谢万又羞又恼，但是又不

［明］谢时臣《风雨归村图》（局部）

敢去质问王恬，只能落寞而归。

刘禹锡诗中说"朱雀桥边野草花"，那些曾经的豪门宅邸如今也是长满了野草，不管是王家、谢家还是陶家，都已经成为历史的陈迹。权贵一代代更迭，荣华富贵不会永远停留在某一户人家里，但是有一些东西顺着"世家"流传了下来：门第观念和阶级矛盾。

辛弃疾在《玉楼春·寄题文山郑元英巢经楼》中写道："平生插架昌黎句，不似拾柴东野苦。"诗中的"昌黎"就是指韩愈，韩愈自称"郡望昌黎"，世人尊称其为"韩昌黎""昌黎先生"。再比如杜甫自称"杜陵野老""杜陵布衣"，柳宗元又被称为"柳河东"。为何古代的人喜欢用地名来称呼一个人呢？这就和魏晋南北朝时期的世家有关，一个越古老、名气越大的家族，往往就越受人尊敬。在辽宁昌黎、陕西杜陵、山西河东等地，韩氏、杜氏、柳氏分别都是当地的望族，因此许多文人为标榜自己的出身，常以宗族地名自称。

有豪门望族，就会有寒门庶人，阶级分割始终是封建社会绕不过的一道门槛。

观祈雨

[唐] 李约

桑条无叶土生烟，箫管迎龙水庙前。
朱门几处看歌舞，犹恐春阴咽管弦。

《观祈雨》是唐代诗人李约的一首悯农诗，一场春旱中能看到两种截然不同的人生。

农村土地干裂，桑麻庄稼都被烈日灼焦了，农民们即便心急如焚也要装出一副喜气洋洋的样子，在龙王庙前吹奏箫管载歌载舞，希望龙王能看见他们的诚意，降下一场大雨。贵族豪绅家中也响起了阵阵管弦、歌舞不断，只不过他们不是在娱神而是在娱己。权贵们并不关心外面的祈雨之事，心愿也与农民不同，阴雨天气对他们而言并不是一件好事情，因为潮气会侵入丝竹

[唐] 佚名《唐人宫乐图》(吹笙部分)

当中，弹奏出的声音就不再悦耳了。

　　这些名门望族中有名震天下的才子佳人，有为人称道的贤臣良将，有流芳百世的诗文佳作，也不乏酒肉笙歌的荒淫奢侈。"旧时王谢堂前燕，飞入寻常百姓家。"豪门贵族有盛有衰，荣华富贵如浮云，历史的评价却会被后人铭记。

天子依靠世家大族治理朝政，依靠将士戎马维持江山稳固。人们崇拜疆场上横刀立马的武将，赞颂他们平息战乱、戍守国土的赫赫功绩；人们也渴望成为建功立业的英雄，期待像英雄们一样能得到朝廷的赏识，一展才华，实现胸中的抱负。

和张仆射塞下曲六首（其二）

[唐] 卢纶

林暗草惊风，将军夜引弓。
平明寻白羽，没在石棱中。

《塞下曲》是卢纶驻扎边塞时创作的一组古诗，其中的第二首讲述了将军夜猎的故事：将军深夜出营巡逻，听见林间有风吹草动之声，以为是猛虎袭来，弯弓射去一支羽箭。第二天清晨战士去搜寻猎物，发现将军昨夜射出的箭竟然插进了石头中。

诗中的"射虎"将军并非卢纶亲眼所见，而是化用了李广"没石饮羽"的典故，借此来突出边关将领的勇猛之气。

李广是西汉抗击匈奴的名将。王昌龄诗言："但使龙城飞将在，不教胡马度阴山。""飞将"是匈奴对李广的别称。在李广镇守边关期间，匈奴慑于他的威严多年不敢举兵南侵。

李广生性勇猛，尤其喜欢捕猎野兽。有一次李广打了胜仗，正在军营中饮酒庆祝，席间听属下说附近某片山林中有老虎出没，前些天还伤了两位砍柴的人。李广把杯中的酒一饮而尽，拿起弓箭便要上山打猎，众人也趁着酒兴一同出发。

到了山上，一阵晚风吹来，林间窸窣作响，仿佛有野兽的呼吸声传来。李广举弓射去，利箭稳稳地射在老虎身上，箭端的白羽在绿草丛中分外醒目，奇怪的是大家都没听见老虎痛苦的嚎叫声。李广上前查看才发现，自己射中的哪里是虎，分明是一块大石头。随行的将士见此惊叹不已，李广将军竟如此勇猛，纷纷喝彩，要将军再射一箭。

李广也十分惊奇，站在远处再射一箭，这一次箭头却擦着石头掉落在草丛中。李广又屏气凝神，用尽全力将弓拉满，羽箭直直地向前飞去，箭镞在坚硬的巨石上擦出一道火花，但也没有像之前一样深深地没入石头中。李广放下弓箭笑道："酒醒了，再也射不出那样的神箭了！"

李广以作战英勇、武艺高强而著称，但王勃在《滕王阁序》里却哀叹"李广难封"，王维则进一步推测了原因，"卫青不败由天幸，李广无功缘数奇"。（《老将行》）有人说，王维这句"由天幸"是一语双关，一方面盛赞卫青战术精湛，犹有天神辅助，另一方面，也暗讽身为汉武帝小舅子的卫青身份特殊，能够得到皇帝的器重。事实上，卫青远征匈奴，七战七捷，平定漠北本就是不争的史实。无论是否有人荫护，卫青凭着赫赫战功，早已名垂青史。李广的命运不济，很大程度上缘于自身性格：他勇猛凌厉，性情狂放，爱逞一己之勇。在带兵作战上，稍显得能力不足，多次"失道"。李广在最后一次与卫青出征时，在行军途中不幸迷路，导致卫青错失战机。李广自知犯错，又不愿接受刀笔吏的侮辱，横刀自刎。

李广之孙李陵恰巧为司马迁的朋友，司马迁凭借对李广、李陵一家的同情，在写《史记》时对李广的刻画多了点善意的偏爱。以至于历代武将，尤其是壮志难酬的武将，都曾为李广的经历鸣不平，比如，辛弃疾。

八声甘州

[南宋]辛弃疾

故将军饮罢夜归来，长亭解雕鞍。恨灞陵醉尉，匆匆未识，桃李无言。射虎山横一骑，裂石响惊弦。落魄封侯事，岁晚田间。

谁向桑麻杜曲，要短衣匹马，移住南山。看风流慷慨，谈笑过残年。汉开边，功名万里，甚当时，健者也曾闲。纱窗外，斜风细雨，一阵轻寒。

辛弃疾出生时北宋已被金兵攻陷，他二十一岁时，在故乡历城（今山东济南）参加了抗金起义。辛弃疾起义失败后回到南宋，辗转多地任地方长官。辛弃疾主张训练军队，收复中原，这与南宋朝廷"富而安"的追求相抵触，因而屡次受到打压，长期不得重用。

《八声甘州》一词作于辛弃疾闲居之时。四十八岁的辛弃疾读完《史

[南宋]陈居中（传）《胡骑春猎图》

记·李将军列传》后夜不能寐，填下《八声甘州》一词，为我们讲述了李广功成身退后的另一面。李将军早年征战疆场，扫除边关敌寇，保卫一方和平，晚年却退居乡里，被小小的廷尉羞辱，这种遭遇引起了辛弃疾的愤慨。

词的上阕回顾了李广戍边时射虎的美谈——"射虎山横一骑，裂石响惊弦"，当时纵马山林，弓响如霹雳，羽箭能将巨石射裂，惹得众人惊叹。李广镇守边关多年，屡次立下战功，谁能想到晚年如此落魄。同样是饮酒夜猎，不见当年喝彩的随从军士，归来时却被灞陵亭里的小尉厉声训斥。

辛弃疾在这里引用了"灞陵醉尉"的典故，与当年"没石饮羽"的神迹对比，李广退居田园的落魄可见一斑。据《史记》载，李广退隐之后常住在蓝田县，不能上阵杀敌，便将南山作为他的"战场"，时常出去打猎。有一天夜里李广出门打猎，在田间碰见曾经的一位朋友，二人见面很是高兴，在田间畅饮后相约同行。

打猎回来路过灞陵亭，灞陵的小尉倚靠在亭柱上饮酒，见李广骑马前来出声呵斥："马上的人停下，此处夜间不放行！"

李广的随从解释道："这是从前的李将军！"

灞陵尉悠悠地饮了两口酒，不慌不忙地说："就算是现在的将军也不能过，何况是从前的将军，你们要么回去，要么在亭中住下，天亮了再走。"说罢就躺在亭中的石凳上休息，不再理会李广二人。

随从正要与亭尉争辩，李广却对他摆了摆手，道："从前的将军已经不是将军了。"于是两人在灞陵亭中等到天明才离去。虎落平阳被犬欺，后来人们就用"灞陵醉尉"这个典故来形容一个人失官落魄之后受人侵辱。

杜甫诗言："自断此生休问天，杜曲幸有桑麻田，故将移往南山边。短衣匹马随李广，看射猛虎终残年。"（《曲江三章章五句》）杜甫壮志难酬后选择退居乡里，仿效陶渊明移居南山种桑麻，穿着粗布短衣，像李广一样在山林间骑马射猎，度过晚年。辛弃疾化用杜诗，写道："谁向桑麻杜曲，要短衣匹马，移住南山？"辛弃疾也曾尝试隐居乡里，修建了一座带湖庄园，自号"稼轩居士"，亲自耕田种菜。然而他内心深处从未真正放下家国之恨，直到病逝时仍用尽最后一丝力气大喊"杀贼！杀贼！"天不遂人愿，正如词中所说：
"汉开边，功名万里，甚当时，健者也曾闲。"像李广这样的功名万里的将领
都难登沙场，辛弃疾北伐复国的理想在懦弱的南宋更像是一种奢望。

永遇乐·京口北固亭怀古（节选）

[南宋] 辛弃疾

　　元嘉草草，封狼居胥，赢得仓皇北顾。四十三年，望中犹记，烽
火扬州路。可堪回首，佛狸祠下，一片神鸦社鼓。凭谁问，廉颇老矣，
尚能饭否？

　　辛弃疾以恢复中原为平生志向，但却时乖运蹇，起落数次。退隐山居后，
本以为自己会在闲云野鹤、饮酒赋诗中终老。没想到，在他六十四岁时，居
然会以昔日主战派元老的身份被重新启用，先是被委任为浙东安抚使，次年
春初又受命担任镇江知府，驻扎在防守长江的要地京口（今江苏镇江）。
　　辛弃疾又看到了收拾旧山河的希望，踌躇满志，提出了诸多抗金策略，

[清] 严绳孙、张纯修、禹之鼎《京口三山图》（局部）

当时韩侂胄独揽军权，虽怀有北伐的野心，但真实意图却是借此捞取政治资本。商讨作战策略时，常忽视其他将领的建议，作战时又鲁莽冒进，这让辛弃疾担忧不已。愁闷之时辛弃疾登上北固亭，他也想像历史上的那些英雄一样为国建功立业，但是如今自己更像是年老受疑的廉颇，恐怕是再难有所作为。

廉颇是战国时期赵国的名将，为赵国戎马一生，晚年时却被免职。廉颇怀着不平之意前往魏国。廉颇走后赵国数次遭受秦军攻击，赵王便想请回廉颇，但是考虑到廉颇年事已高，就先派人去魏国打探廉颇的状况，再决定是否任用他。

廉颇听闻赵王派使臣前来十分高兴，也想回到故国再次效力。为了显示出自己还有征战的能力，廉颇与使臣吃饭时命人拿来一斗米、十斤肉，一顿饭全部吃完，饭后还穿上重达数十斤的铠甲翻身上马，表示自己还能够征战沙场。但使者因收受了廉颇仇人的贿赂，回国后向赵王讲了另一个版本的故事："廉颇将军虽然已经老了，饭量依然很好，但是他和我坐在一起不一会儿就去了三次厕所。"赵王听后很失望，认为廉颇已经难以领兵了。

辛弃疾以廉颇自比，廉颇壮志难酬，而自己也是报国无门。后来即将北征时，辛弃疾被降为朝散大夫等虚职，有生之年再难实现收复北方失地的愿望。四年后辛弃疾再次被朝廷征召，但六十八岁的辛弃疾重病缠身，未到临安就逝世了，他挂怀一生的恢复中原的愿望终究没有实现。

辛弃疾的词被称为"英雄词"，他关心时政、心怀家国，将壮志热血寄托在一首首豪放真切的诗词中，他借古代英雄的事迹抒发己怀，最终也成了后人诗词中的英雄。

德才超群谓之英，勇武过人谓之雄。英雄们胸怀凌云志，肩担道义任；既敢于血染沙场，也不畏为国捐躯。所谓"天地英雄气，千秋尚凛然"（刘禹锡《蜀先主庙》），时势造就了英雄，英雄也谱写了历史。

第八章

风流人物

李白诗曰："纵死侠骨香，不惭世上英。谁能书阁下，白首太玄经。"
（《侠客行》）侯嬴、朱亥二位壮士的侠客之举在魏国流传千年，他们为道义、
为知己舍生忘死，不愧为世上的英才。李白认为，人生在世定要做成一些大
事，要像侯、朱二人一般救国救民、行侠仗义。如果像扬雄一样做个困于屋
室的儒生，钻研道学经书，讨论一些虚空的道理直至白头老死，这样的一生
又能有什么价值呢？

　　李白此诗在崇儒的年代显得有些离经叛道，但是，此诗的意义不在于否
定儒学的价值，而在于对时人的"挑衅"：人生不止读书做官一种可能。读
书人的命运也可以转向"满堂花醉三千客，一剑霜寒十四州"（贯休《献钱尚
父》），做一个纵横江湖的侠客；也可以抛却世间的浮名浮利，到山间寻一方
清境，做个清高无为的隐士，"短篷载影夜归时，月白风清易得诗。不识酌泉
拈菊意，一庭寒翠蔼空祠"（朱淑真《吊林和靖二首》其一）；或许可以安于
田园，不汲汲于功名，与心爱的人相守一生，两人赌书泼茶，对吟"身无彩
凤双飞翼，心有灵犀一点通"（李商隐《无题·昨夜星辰昨夜风》）。

　　"风流"不只是英雄人物的前尘，也是隐士、文人、侠客等人在白首之年
与老友攀谈的往事。

孟子曾言："穷则独善其身，达则兼善天下。"并不是每一个有才之人都能得到君王的赏识，也并不是所有的人都向往功名利禄，尤其是在时局动荡、君主昏聩的年代，很多人选择生命的另一种姿态：远离喧嚣和浮华，到山林田间做个隐士，独守内心的高洁。

莫笑银杯小答乔太博

[北宋] 苏轼

陶潜一县令，独饮仍独醒①。

犹将公田二顷五十亩，种秫作酒不种粳。

我今号为二千石②，岁酿百石何以醉宾客。

请君莫笑银杯小，尔来岁旱东海窄。

会当拂衣归故丘，作书贷粟监河侯。

万斛船中着美酒，与君一生长拍浮。

苏轼在《江城子·密州出猎》中提到，围猎时追从者众多，有着"千骑卷平冈""倾城随太守"的盛况，这并不是诗人的夸张之辞。苏轼到密州任通判时，当地的官吏、文人争相拜见，普通民众也常常守在苏轼去官府的路上，只为一窥这位风流文豪的真容。

苏轼诗中的"乔太博"也是慕名而来。"乔太博"名叫乔禹功，曾在朝廷任太常博士，为官清廉爱民。因说话耿直不懂婉曲得罪过许多人，受到同僚的排挤，于是辞官

---

① 语出《楚辞·渔父》：举世皆浊我独清，众人皆醉我独醒。形容人清高正直，不与世俗同流合污。

② 石是古代粮食的计量单位，一百二十斤为一石。汉代郡守俸禄为二千石，因此后世称郡守为"二千石"。

［清］沙馥《饮酒图》扇页

回乡不再出仕。苏轼在朝中做官时也曾听说乔禹功的名声，但一直没能相见。苏轼到密州后，乔禹功前来拜访，两人一见如故，自叙生平后不禁惺惺相惜。

在密州的日子里，苏轼常与乔禹功一同饮酒作诗、谈古论今，二人志同道合，视彼此为知己，唱和之间留下诸多诗词，这首《莫笑银杯小答乔太博》以诙谐轻松的语言记录下两人饮酒之趣。

饮酒之时苏轼对乔禹功开玩笑说："陶渊明有一百亩公田，匀出一半来种黍酿酒，我如今虽然有二千石的俸禄，但我只能匀出一百石的粮食酿酒招待你。你可不要嫌弃我吝啬，如今天下大旱，连东海都变小了，我田里的粮食收成不好，没有多余的粮食给你酿酒喝了。"尽管杯中酒少，两人依旧是兴致勃勃。苏轼还向乔禹功许下承诺："等到退休还乡后你来找我，我仿效庄子去向监河侯借粮，然后酿成美酒，造一个大酒池，咱们到时乘着大船在里面遨游，一定喝个痛快。"

陶渊明好酒，众人皆晓。在家乡隐居时曾自言："种豆南山下，草盛豆苗稀。晨兴理荒秽，带月荷锄归。"（《归园田居·其三》）尽管每天起早贪黑地打理田地，但庄稼长得还没有野草旺盛。田地本来就少，陶渊明又不擅长耕种，家里的粮食时常不够吃，更别说拿去酿酒了。亲戚朋友见此都劝他还是去做官吧，起码能养活一家老小。陶渊明叔父引荐他到彭泽县任县令，他本来不愿再入官场，不过想到做县令能分到一百亩的公田，种出来的秫足够酿酒喝了，这才欣然前往。

赴任之后，属下问陶渊明这一百亩田地春耕要播种什么粮食，陶渊明大手一挥，命全部种秫。妻子听说以后哭笑不得，说："旁人的田地种的都是小麦、大豆，拿来磨面榨油，你全种秫酿酒，到了秋天我们全家就饿死了。"陶渊明这才不情不愿地改种五十亩秫，后来人们便用"渊明秫""种秫田"等典故来形容一个人嗜酒如命、清高脱俗。

在陶渊明心中，酒、诗、琴是世间最美好清雅的事物，有这三者相伴，他的内心平静而又满足。据《宋书·陶渊明传》记载，陶渊明不擅长音律，但家里时常放着一架没有弦的古琴，喝酒喝到高兴处便坐在琴前，一边吟诗一边"弹琴"。如有客人来访，陶渊明就拿出藏酒招待，让人随意而饮，要是陶渊明先喝醉了，也不与人客套，直接下逐客令道："我喝醉了要去睡觉，你想走就可以走了。"十分潇洒随性。李白曾经写诗致敬陶渊明不拘礼节、超凡脱俗的人生态度：

山中与幽人对酌

[唐] 李白

两人对酌山花开，一杯一杯复一杯。

我醉欲眠卿且去，明朝有意抱琴来。

陶渊明为官并非为钱为名，而是为了百亩公田种秫，陶渊明做彭泽县令后虽暂时解决了生活贫困的问题，但是不久之后他就厌倦了官场生活，身心十分痛苦。上任不久，浔阳郡派督察官刘云到县里视察，刘云为官贪婪，爱耍威风。陶渊明不喜做逢迎之事，手下的小吏提醒他说："县令务必要穿戴整齐，准备好丰厚的礼物，到府衙门口去迎接刘云，否则他定会为难您。"

陶渊明听后长叹一声，道："我怎么能为了五斗米的俸禄就低声下气地向这种小人献殷勤?"①于是脱掉官服,回乡归隐,这一天,是他当彭泽县令的第八十一天。其后,他躬耕田野,不再做官。

饮酒(其五)

[东晋] 陶渊明

结庐在人境,而无车马喧。

问君何能尔?心远地自偏。

采菊东篱下,悠然见南山。

山气日夕佳,飞鸟相与还。

此中有真意,欲辨已忘言。

陶渊明的隐,隐在无车马喧的田园乡野,可称之为"小隐"。还有一类人,他们不以利禄萦心,虽居官而犹如隐者,则可称为"吏隐"。

游虎丘寺

[北宋] 王禹偁

乐天曾守郡,酷爱虎丘山。

一年十二度,五马来松关。

我今方吏隐,心在云水间。

野性群麋鹿,忘机狎鸥鹇。

乘兴即一到,兴尽复自还。

不知使君贵,何似长官闲。

王禹偁是宋初有名的直臣,不畏权势,敢于直言讽谏。如果遇不到唐太宗那样胸怀宽广的明君,恐怕在仕途上难有晋升的空间。他在《三黜赋》中

———————————————

① 《晋书·陶潜传》:潜叹曰:"吾不能为五斗米折腰,拳拳事乡里小人邪!"

描述为"一生几日？八年三黜"，即使多次受贬，也誓言"兼磨断佞剑，拟树直言旗"。仕途不顺，他只能云游山水间，忘却尘世的烦恼。王禹偁在文学上推崇杜甫、白居易，称自己是"本与乐天为后进，敢期子美是前身"（《前赋春居杂兴诗二首》）。既然白居易是他的偶像，那这位偶像是不是也有类似的经历呢？

拥有"诗魔"称号的唐代三大诗人之一——白居易，出生于安史之乱平息之后。这个时期，由太宗的"贞观之治"到玄宗的"开元盛世"所打造的盛唐已经一蹶不振，唐帝国的强盛已是明日黄花，唐朝正在不断走向衰败。"世敦儒业"的中小官僚家庭背景，让白居易梦想着建功立业，重振国家。他二十八岁一举考中进士，更是"十七人中最少年"（《句》），名入众耳，人生得意。

作为唐代诗坛大魔王，白居易在诗文上的超高造诣使他得到喜好文学的皇帝赏识提拔，又凭着自己一颗兼济天下的初心，常常直言上书。他把自己当作魏徵，可宪宗不是太宗。唐宪宗曾抱怨："白居易小子，是朕拔擢致名位，而无礼于朕，朕实难奈。"（《旧唐书·白居易传》）除了令皇帝感到不快，白居易还得罪了不少当朝权贵。他的母亲看花时不慎坠井淹死了，有心人找出白居易写过的"赏花""新井"等诗篇，指责他为子不孝不配治邦。在那个

［元］赵孟頫《水村图卷》（局部）

推行"以孝治天下"的时代，这样的罪名无异于泰山压顶。圣上不满，群臣非议，白居易被贬为江州（今江西九江）司马。这成为白居易一生的转折点。

这番坎坷让白居易很受伤，他说自己是"面上灭除忧喜色，胸中消尽是非心"（《咏怀》）。在任江州司马时，白居易常常陶醉在安逸舒缓之中，流连于山水诗酒之间，有吏之名而无吏之职，好不惬意！不问世事，但求养心。"江州左匡庐，右江湖，土高气清，富有佳境……苟有志于吏隐者，舍此官何求焉？"（《江州司马厅记》）

中隐

[唐] 白居易

大隐住朝市，小隐入丘樊。

丘樊太冷落，朝市太嚣喧。

不如作中隐，隐在留司官。

似出复似处，非忙亦非闲。

不劳心与力，又免饥与寒。

终岁无公事，随月有俸钱。

君若好登临，城南有秋山。

君若爱游荡，城东有春园。

君若欲一醉，时出赴宾筵。

洛中多君子，可以恣欢言。

君若欲高卧，但自深掩关。

亦无车马客，造次到门前。

人生处一世，其道难两全。

贱即苦冻馁，贵则多忧患。

唯此中隐士，致身吉且安。

穷通与丰约，正在四者间。

"兼济"还是"独善",白居易为自己选择的似乎是后者。他觉得自己"识时知命",不去奢求那些劳烦身心的高位,而是在这样一个闲职上谋求到了自身的安稳。事实上,这样的安逸不过是自我安慰,是欲"兼济"而不得的苦闷。当白居易碰到浔阳江头的琵琶女,"同是天涯沦落人"的遭遇,让他能够直面内心,看到了那个郁郁不得志的自己,"别有幽愁暗恨生"。除了取酒独倾,苦闷与无奈向何人说去。

　　"济苍生,安社稷"是古代读书人的最高理想,"生益于人,死闻于后"则是他们一生的追求。陶渊明也好,白居易也好,王禹偁也好,即便是时运不济,命途多舛,做不到"兼济天下",也会退而所求"独善其身"。他们不得已而"隐",其实真正是坚定而纯粹的儒士。

　　古代那些因不喜世俗或不遇明主而选择隐居避世的人,往往身负才华、耿介正直,虽归隐山林但美名远扬。因此就出现了这样一种情况:皇帝高官听闻某位隐士贤名之后十分仰慕,便请他出来做官辅佐自己。如此一来,天下就出现了一些假隐士,他们借归隐之名来宣传自己,谋取一个清高乐道的名声,在山上田间等待天子权贵的邀约。

　　宋代的程公许在诗中说:"终南径甚捷,结茆邻帝乡。朝为谷口翁,莫为

〔清〕王翚《秋山万重图》(局部)

省中郎。"(《赠吴郡》）诗中的"终南捷径"就与唐代假隐士盛行的风气有关。

"终南捷径"的典故出自《新唐书·卢藏用传》。终南山因风景秀美、纯朴自然，引来诸多僧道在此修行，成为当时隐居的名山。终南山靠近长安城，也有许多达官贵人在此修建度假山庄，如王维的辋川别业就位于终南山上。站在山上能看到长安皇城，权贵时常出入山林，但凡山上出了什么贤才，消息都能及时传入皇帝耳中，因此终南山上除了真隐士，还有不少沽名钓誉的假隐士。

唐朝有个叫卢藏用的人，家族世代为官，本人也颇有才华，但考中进士之后始终不得上司赏识重用，于是就来到终南山做了一名假隐士。当皇帝去洛阳后，他又迁到行宫附近的嵩山隐居，世人讥讽他为"随驾隐士"。但卢藏用的苦心没有白费，终于得到了皇帝的征召，入朝为官。

有位叫司马承祯的隐士也住在终南山上，他自号"白云"，以清正高洁著称，玄宗听说后请他出山为官，但被他拒绝了。后来，玄宗为他修建了一座院落，请他抄写注释《道德经》。书写完后司马氏前往皇城向玄宗汇报工作，在都城里遇见了卢藏用。两人在终南山中曾闲话过几次，这次相见后谈到隐居生活时司马承祯感慨道："唉，还是山林生活随性自在啊！"

卢藏用听后指着不远处的终南山，意味深长地说道："终南山里藏着绝好风光，你又何必去往远处呢？"

司马承祯这才看穿了卢藏用隐居的目的，便对他说："在你看来，这里的风光大概是做官的捷径吧。"说完拂袖而去，不再理会卢藏用。后来人们就以"终南捷径"来比喻升官发财的不正门路。而卢藏用这类假隐士也终会被人识破他们的真面目。

人们崇拜隐士，崇拜他们无论身处山野幽林，还是在朝堂市井，都能够摆脱名利的束缚，在纷乱的人世之中固守内心。只要内心高远自洁，在任何环境都能享受到安宁。

文人才子的一重面貌是经邦治世、彪炳青史，另一面则是佳人在侧的风流美谈。忠心报国、清高退隐的人也会偶尔"拘束"在儿女情长之中，正是这多重的身份才塑造出一个个鲜活的历史人物，后人敬仰他们忧国忧民的情怀和固守内心的高尚，也向往他们对爱情所抱有的浪漫和真挚。

菩萨蛮五首（其二）

［唐］韦庄

人人尽说江南好，游人只合江南老。春水碧于天，画船听雨眠。

垆边人似月，皓腕凝霜雪。未老莫还乡，还乡须断肠。

《菩萨蛮五首》作于韦庄晚年居蜀之时，诗中他追忆了年轻时游历江南之事。白居易诗云："江南好，风景旧曾谙。日出江花红胜火，春来江水绿如蓝。能不忆江南？"（《忆江南》）韦庄在诗中化用白居易对江南美景的赞美，以自己的亲身经历证实了江南的好：春水碧绿，风光宜人；泛舟水上，在画船中听着雨声入眠，生活清雅闲适；街上酒肆众多，卖酒的女子年轻貌美，站在坛边盛酒露的双臂如霜雪一般洁白。诗人在"垆边人似月，皓腕凝霜雪"中引用了卓文君当垆沽酒的典故，说明江南女子不仅容貌姣好还极有才情，此句尽显江南的风流与秀美。

旧时候酒铺门口放置酒瓮的台子多用土砌成，称为"垆"。卓文君是汉代有名的才女，与司马相如私奔后家中贫困，二人买下一个酒舍靠沽酒谋生。卓文君放下大小姐的矜贵，亲自站在垆边卖酒，司马相如也放下文人的清高，与仆人一同洗涤酒坛。由此，"当垆"也成了形容卖酒女子貌美，兼赞颂爱情真挚的典故。

韦庄兼具儒生的忧国忧民的情怀和文人的细腻才情，写出的《菩萨蛮五首》辞藻清丽，意蕴深长。江南远离战乱，景美人美，生活自在，游历在外的人都想在这里慢慢地变老。如果就此离开江南回乡，必定会使人肝肠寸断啊。诗中所言的"断肠"不仅是出于对江南生活的留恋，更是对北方战乱的痛心。彼时黄巢军队作乱北方，人民流离失所，南北境况两相对比之下，怎么不令人肝肠寸断？

《菩萨蛮五首》是韦庄笔下的江南浪漫史，也是一部颠沛流离史。诗人晚年追忆从前的江南情事，随之而来的还有深沉的家国之思。韦庄生于晚唐动荡时期，一生渴望为政救民，但命运十分坎坷。韦庄年少时多次参加科举但都未被录用，后来黄巢起义攻破长安，他被迫逃亡南方，其间辗转流浪多地，一度旅居江南。等到北方政治稍稳定时韦庄已经五十六岁了，但他仍不远千里赶往长安应试，两年之后考中科举，被任命为校书郎。不料六年之后宦官发动政变，

［清］周璕《进酒图》

昭宗皇帝被囚禁，朝堂一片混乱。韦庄对唐朝政治失望至极，便前往蜀地投靠王建，帮助他建立了蜀国，史称前蜀。

"老来多健忘，唯不忘相思。"（白居易《偶作寄朗之》）韦庄前半生漂泊无定，老大无成，家国之思和身世之悲让人倍感煎熬，江南的风景与风情安慰了失意的文人。"琵琶金翠羽，弦上黄莺语"（《菩萨蛮五首·其一》），他在江南邂逅了温柔多情的琵琶女；"珍重主人心，酒深情亦深"（《菩萨蛮五首·其四》），也遇见了相逢恨晚的知己。这些短暂的安慰使得韦庄怀念一生。

韦庄晚年寓居的蜀中，恰好也是西汉才女卓文君的故乡。他回忆起从前江南垆边为他沽酒的女子，思绪飘到了千百年前的临邛闹市。当年的卓文君是否也如江南女子般光彩照人？那位沽酒的女子是否有着卓文君般热烈动人的爱情？

凤求凰

[西汉] 司马相如

有一美人兮，见之不忘。

一日不见兮，思之如狂。

凤飞翱翔兮，四海求凰。

无奈佳人兮，不在东墙①。

将琴代语兮，聊写衷肠。

何时见许兮，慰我彷徨。

愿言配德兮，携手相将。

不得於飞兮，使我沦亡。

①东墙：指貌美又多情的女子，典故出自《登徒子好色赋》。据说宋玉东邻的女儿是楚国第一美人，心中爱慕宋玉，每日趴在墙上窥视宋玉，但宋玉三年间从未与她交往。

卓文君出身富贵，父亲卓王孙经营铁器发家，坐拥良田万顷商铺千家，家中光童仆就有八百人之多，是临邛最富有的商人。传说卓文君有天人之姿，精通音律，喜读诗文，在父亲的宠爱之下，卓文君过着优渥随性的生活。她十七岁出嫁，婚后不到一年丈夫就因病去世了。卓王孙担心女儿受苦便把她接回临邛家中。卓文君新寡后忧愁难消，每日闭门不出，靠读书抚琴来排遣心中的不快。

司马相如年少时喜欢吟诗作赋，舞得一手好剑。汉代还没有科举考试，普通人家的子弟要么被人引荐由察举制做官，要么捐钱换一个官。相如虽有才华，但尚无名声，二十多岁时家里出钱让他当上了景帝武骑常侍。但是景帝不好辞赋，司马相如一直不得重用。相如听闻梁王礼贤下士，在梁国修建了一座极豪华的园林"东苑"，方三百里，其间奇花异草珍禽野兽无数，梁王与一众文人名士在园中饮酒狩猎、唱和诗文，无比风流。司马相如来到梁国

［清］袁江《梁园飞雪图》（建筑部分）

后终于找到了自己的用武之地，写下了《子虚赋》一文，赢得众人的赞赏倾慕。梁王去世后东苑里的宾客们四散各处，相如也回到了家乡蜀中，才华虚掷，过着清寒贫困的日子。临邛县令王吉欣赏相如的才华，邀请他到临邛定居，时常提供生活资助。

一日，司马相如和王吉路过卓府，听到院中传来一阵哀婉动人的琴声，相如感叹之际问王吉："琴声哀伤但并不消沉，不知弹琴人有何遭遇？"

王吉轻叹，道："你来临邛数日，应当听闻卓家文君之名，此女才貌动人，不过近日新寡，应是心中抑郁吧。"

司马相如听完王吉的话后，对卓文君愈发好奇。几日之后卓王孙在家中大宴宾客，邀请王吉、司马相如二人同去做客。众人早已听闻相如的名声，便请他在酒席上弹琴作诗。相如知晓卓文君擅长琴诗，必定会在某处偷看，于是弹奏了一曲《凤求凰》表示心意。卓文君见相如相貌堂堂，举手投足间充满文雅之气，"有一美人兮，见之不忘。一日不见兮，思之如狂"，他吟唱出的诗词更是让文君怦然心动。

酒席后司马相如贿赂文君身旁的侍女，让她向文君转告自己的情意，约文君相见。文君几番权衡之后决定赴相如的邀约，二人相见畅谈多时，情意更深。但两人明白家人不可能同意这门婚事，于是约定私奔。他们大胆热烈的爱情被后世传为佳话。

卓文君随司马相如回成都之后，发现司马相如家中贫寒，除了四面墙再无其他，便劝说相如返回临邛，起码家中富贵，兄弟亲戚随便资助一些也能度日。两人在临邛闹市买下了一个酒肆做生意，这就是"文君当垆"典故的由来。

卓王孙知道此事后感到颜面尽失，但又心疼娇生惯养的女儿如此辛苦，在旁人的劝说下终于接纳了两人，分与他们家产童仆，二人的生活由此终于安顿了下来。

白头吟

[西汉] 卓文君

皑如山上雪，皎若云间月。

闻君有两意，故来相决绝。

今日斗酒会，明旦沟水头。

躞蹀御沟上，沟水东西流。

凄凄复凄凄，嫁娶不须啼。

愿得一心人，白头不相离。

竹竿何袅袅，鱼尾何簁簁！

男儿重意气，何用钱刀为！

　　汉武帝继位后偶然间看到相如从前写下的《子虚赋》，认为此人才华了得，遂招他入京城相见，并封他为郎官。司马相如在朝中受武帝赏识，又受京城中权贵欢迎，日日饮酒作词，流连于温柔乡中，渐渐忘了蜀中还有一位卓文君在等候他。后来他喜欢上一位茂陵女子，想娶她为妻，便动了休弃文君的念头。

　　面对丈夫的移情别恋，卓文君强忍心中悲伤，写下一首《白头吟》寄给司马相如。文君并不像其他被休妇女一般哭哭啼啼，而是写下"闻君有两意，故来相决绝""凄凄复凄凄，嫁娶不须啼"等诗句。司马相如读完后回想起当时二人私奔时的热情、当垆卖酒时的甘苦与共、远赴京城时妻子的不舍与支持，心中惭愧不已，便断绝了休妻另娶的想法。

　　"愿得一心人，白头不相离。"卓文君此诗因写尽天下有情人的心声，在后世广为传颂。唐代的诗人骆宾王也有类似之言："相怜相念倍相亲，一生一代一双人。"（《代女道士王灵妃赠道士李荣》）清代的词人纳兰性德以情词著称，化用此句表达对恋人的思念："一生一代一双人，争教两处销魂。"（《画堂春》）相传纳兰性德与表妹青梅竹马，怎料表妹及笄之后被康熙皇帝纳入后宫，两人虽情投意合，但一道宫墙将他们永远隔绝，纳兰《画堂春》一词即是写给表妹的相思之语。

后来纳兰性德娶妻子卢氏，卢氏善才艺解风情，二人婚后琴瑟和谐。婚后三年诞有一子，卢氏因产后受寒不幸亡故。每每追忆二人同处的时光，纳兰性德悲伤不已，写下许多悼亡诗词。

浣溪沙
〔清〕纳兰性德

谁念西风独自凉，萧萧黄叶闭疏窗，沉思往事立残阳。

被酒莫惊春睡重，赌书消得泼茶香，当时只道是寻常。

纳兰性德在《浣溪沙》中借用宋代女词人李清照与赵明诚"赌书泼茶"的典故来描述昔日与卢氏美满的夫妻生活。

据李清照《〈金石录〉后序》记载，自己与丈夫赵明诚爱好读古书典籍，李清照记忆力超群，对于书中典故信手拈来。二人有饭后饮茶的习惯，又都偏好第一杯鲜茶，便以游戏的方式来决定饮茶顺序：抽一则典故询问对方出自哪本书，还要细答出具体的章节、页数，说中的人才能先喝。有时两人都答对了便争着去喝第一杯，一不留神茶水泼在地上，留下满屋子的茶香。后来人们便以"赌书泼茶"为典故，形容夫妻二人感情和谐、生活风雅。

纳兰性德被誉为"清代词人之冠""清初第一学人"，若没有很深的文化修养，恐怕不敢轻言与他"赌书"。他的妻子以堪与李清照相媲美的出众的学识和才华、优雅脱俗的气质、温柔善良的性格，与纳兰性德情投意合。

不知是天意还是巧合，这对情深意重的伉俪在相隔八年的同月同日，先后逝去，令人感伤低徊。

一帘隐隐约约，一出缠缠绵绵，一幕轰轰烈烈，一世恩恩怨怨。无论是青梅竹马，还是举案齐眉，世间的离合悲欢终将化为历史的尘埃。留给后人的，不过是一台锦绣良缘的好戏，亦或是一曲触人心弦的悲曲。有道是："夕阳芳草本无恨，才子佳人空自悲。"（晁补之《鹧鸪天》）

侠客是中国历史上一个极为特殊的群体。他们追求正义、有济世之心，但却不愿入仕做官；民间赞颂他们的行侠仗义之举，官府却视其为违法乱纪之徒；诗词歌赋中言"纵死侠骨香"，也言"莫学游侠儿"……侠客兼具理想与能力，追寻正义和自由，重视情谊遵守诺言，一个"人"应具有的品格都在他们身上得到了体现。

白马篇（节选）

[东汉] 曹植

羽檄从北来，厉马登高堤。

长驱蹈匈奴，左顾凌鲜卑。

弃身锋刃端，性命安可怀。

父母且不顾，何言子与妻。

名编壮士籍，不得中顾私。

捐躯赴国难，视死忽如归。

《白马篇》又名《游侠篇》。曹植在诗中刻画了一位勇猛、正义的游侠形象，这位游侠不仅是爱国壮士的缩影，也是诗人心中建功立业的理想自我。

作为"建安七子"之一，曹植既有文人的风流，也有武将的赤诚，他一生未离诗文，也未离战场。钟嵘曾评价曹植道："骨气奇高，词采华茂，情兼雅怨，体被文质，粲溢今古，卓尔不群。"（《诗品》）他才高八斗，能七步成诗；他征战疆场，看遍烽烟尘沙。曹植出生之时恰逢曹操讨伐董卓、镇压黄巾；年少时他便随父出征，讨孙权、征马超。正如其文所言："生乎乱，长乎军。"（《陈审举表》）纷飞的战火锻炼了曹植的军事才能，也激起了他的英雄意气，他对社会和人生的见解也愈发深刻，这才有了"捐躯赴国难，视死忽如归"的流芳名句。

混乱的时代需要英雄、需要正义。诗曰："国家不幸诗家幸，赋到沧桑句便工。"（赵翼《题遗山诗》）国难与民患令文人无心风月，他们心怀天下，融游侠义气与爱国赤诚于一身，急国家之所急、忧人民之所忧。这种精神倾注于诗文之中，也成就了别具一格的"建安风骨"。

"游侠"之风起源于春秋战国。当时战乱纷繁，各国都需要谋士武将以在战争中取胜。有许多人虽怀有大才华，但不愿卑躬屈膝侍奉君主，因此游历在江湖中，成为扶危济困的侠客。哪里有不平之事，哪里就有他们的身影。侠客们的桀骜不驯使得君主不能对他们招之即来挥之即去，侠客与统治者之间形成了一种最朴素的平等关系：相互的尊重才能换来信任与帮助，侠客回馈君主以才华，甚至是性命。

正是凭借着这种无关社会地位高低的价值判断与情怀，凭借着肝胆相照的默契和义薄云天的豪气，春秋战国时期出现许多侠客，这些豪侠之人吸引了礼贤下士的君主公子的注意。主公们将其纳入门下，优待其生活，发挥其特长，助成其梦想。

侠客行

[唐] 李白

赵客缦胡缨①，吴钩霜雪明。

银鞍照白马，飒沓如流星。

十步杀一人，千里不留行。

事了拂衣去，深藏身与名。

闲过信陵饮，脱剑膝前横。

将炙啖朱亥，持觞劝侯嬴。

---

①赵客：古代燕赵地区多侠客，故以"赵客"作为侠客的代称。缦胡缨：粗糙而没有花纹的帽带，指武士冠缨，是侠客的代表性装束。

三杯吐然诺，五岳倒为轻。

眼花耳热后，意气素霓①生。

救赵挥金槌，邯郸先震惊。

千秋二壮士，烜赫大梁城②。

纵死侠骨香，不惭世上英。

谁能书阁下，白首太玄经③。

［南宋］梁楷《太白行吟图》

李白被誉为中国历史上伟大的浪漫主义诗人，他的浪漫从本质上而言是一种赤子般的纯真，永远以理想主义的情怀和信任来对待生命中的一切，他顺从本心挥洒天性，诗词鲜少沾染世间俗气，被后世称作"诗仙""谪仙人"。《侠客行》一诗可以看作是李白理想人生的写照，他向往春秋战国时期舍生取义的侠客们，渴望像他们一样为天下做一番大事业，然后功成身退，漫游天下，潇洒地度过余生。

"赵客缦胡缨，吴钩霜雪明。银鞍照白马，飒沓如流星。"这是对侠客们形象的描写，重在突出其英姿飒爽：侠客们身着武服，佩带闪着寒光的宝剑，骑着银鞍骏马，如流星一般驰骋四方。后四句"十步杀一人，千里不留行。事了拂衣去，深藏身与名"则是对其侠义行为的描写：他们武艺超群，十步之内就能斩杀不义之人，行走千里也无人能够阻挡。等到事成之后拂衣而去，从前

①素霓：白虹，日月周围的白色光晕。古人认为白虹出现时天下必会有大事发生。

②大梁城：魏国都城，位于今河南开封。

③太玄经：西汉文人扬雄的著作，此书主要承继了道家的思想，探讨宇宙的起源、事物的发展规律等哲学思想。

立下的功劳名声都随着归隐而埋藏起来。

李白崇尚战国时期侯嬴、朱亥等侠客的义行，也渴望遇到如信陵君一般礼贤下士的明主。

侯嬴原是魏国的守门小吏，魏王的儿子信陵君听闻他很有才华，多次带着礼物去拜访他，但每次都被侯嬴回绝。侯嬴七十大寿之时，信陵君大摆宴席，邀请了诸多名士侠客，换上新衣亲自去城门口接侯嬴。侯嬴见状并未表示感谢，而是大剌剌地登上马车，把信陵君当成自己的车夫，指挥这位贵公子驾车前往菜市去拜访屠夫朱亥。到菜市后，侯嬴和朱亥站在人来人往的摊位前相谈甚欢。信陵君被冷落在一旁，养尊处优的公子身处脏乱的菜市却仍旧面容恭敬，没有丝毫不耐烦。就这样，信陵君赢得了侯嬴的信任。

彼时秦国正在攻打赵国，魏王的女儿嫁给赵国平原君做妻子，两国关系十分友好。当赵国派人前来求助时，魏王派大将晋鄙率兵前去救援。晋鄙去后，魏王却心有反悔，担忧一旦得罪了秦昭王会惹来战争之祸。于是，魏王命令晋鄙队驻军于赵国边境，暂时按兵不动。

平原君见魏国的军队停驻不前心急如焚，信陵君接到他的二次求助后决定出兵救赵。侯嬴用计帮助信陵君取得了魏王的兵符，不料晋鄙拒受信陵君之命，被朱亥用铁锤击杀，信陵君这才得以顺利出兵。其后信陵君带八万军士击退秦军，解了邯郸之围，成就了"围魏救赵"的佳话。"千秋二壮士，烜赫大梁城。"侯嬴、朱亥二位壮士的侠客之举在魏国流传千年。他们为道义、为知己舍生忘死，不愧为一世英豪。

少年行四首（其一）

［唐］王维

新丰美酒斗十千①，咸阳游侠多少年。

相逢意气为君饮，系马高楼垂柳边。

---

① 新丰：唐朝时此地盛产美酒，位于今陕西省临潼县东北。"斗十千"言此酒价格昂贵。

《少年行四首》作于唐朝的全盛时期，吟咏了在长安少年中盛行的游侠风尚。彼时安史之乱尚未爆发，唐朝国力强盛，经济发达，四方各国皆来朝贡，整个王朝都充满着自信蓬勃之气。长安城汇聚各国旅人，关陇和西域等地的尚武风气也传入中原。加之有唐一代重视开疆拓土，征战沙场是有志者立功扬名的重要途径。因此在诗书科举之外，佩剑饮酒做侠客成了许多年轻人的梦想。

王维所写的游侠即是当时长安尚武少年的一种缩影。年少的郎君佩剑行于街市，与另一位少年狭路相逢，三言两语间辨认出对方是同好。兴起之时，在酒楼下垂柳边拴好骏马，一同痛饮美酒，互诉平生志愿，结为知己。

诗中提到的新丰美酒价格十分昂贵，是古代不少文人侠客嗜好若狂的"奢侈品"。李白曾作"君歌杨叛儿，妾劝新丰酒"（《杨叛儿》），陆游有诗"愁忆新丰酒，寒思季子裘"（《雨中买酒镜湖酒楼》）。文人侠客在微醺之时、神游天地之间，暂时忘却了烦琐的君子礼仪，言行举止都依照本心，就算行

［元］夏永《丰乐楼图》（局部）

为乖张放肆，也不会被人过多呵责。或写下放纵不羁的词句，或借着酒意持剑而舞，就连"天子呼来不上船，自称臣是酒中仙"（杜甫《饮中八仙歌》）这种原本荒诞不经的行为，在醉酒之时也显得豪放又天真。

塞上曲

[唐] 王昌龄

蝉鸣空桑林，八月萧关①道。

出塞复入塞，处处黄芦草。

从来幽并客，皆向沙场老。

莫学游侠儿，矜夸紫骝好。

王维诗中的长安"游侠"多是城中的富贵子弟，身着锦衣，身骑高马，佩带宝剑，在酒楼之上饮着名贵的好酒，结交与他同样的意气少年。王昌龄在《塞上曲》中提到了另一种侠客——幽并客。"幽并"指幽州和并州，都是唐朝的边塞之地。两地尚武，自古多侠义之士，鲍照诗云："幽并重骑射，少年好驰逐。"（《拟古·其三》）其实，长安的游侠风气也是由幽并二州传来。

长安少年"相逢意气为君饮，系马高楼垂柳边"的潇洒与豪气在王昌龄此诗中不复存在，留下的是"矜夸紫骝好"的攀比之心。虽风流不羁，却不过是在富贵攀比中虚度年华的纨绔子弟而已。

正如隐士有真隐士和假隐士，侠客也有真侠客和假侠客。古时候游侠讲求快意恩仇，"托身白刃里，杀人红尘中。"（李白《赠从兄襄阳少府皓》）"路见不平拔刀相助"的侠义举动带来的后果是违反法律制度，这自然会遭到儒家文人以及朝堂政客的批判。后来人们将这种充满鲁莽之气的"侠"和儒家的"仁义"精神结合在一起，才成就了真正的侠客。

---

①萧关：古关塞名，位于今宁夏地区。

"幽并客"是王昌龄心中真正的侠客，他们是兼具游侠气质和儒家精神的正义之士：拥有过人的武艺但并不自恃勇武惹是生非，怀着一颗赤诚的报国之心，凭着自己的勇猛投身疆场，哪怕战死沙场也在所不惜。

　　这种侠客在唐诗中一度成了边关将士的代称，如骆宾王诗言"边烽警榆塞，侠客度桑干"（《送郑少府入辽共赋侠客远从戎》），其中的"侠客"就指赶赴边关的将士。"榆塞"和"桑干"都是边防要地。秦始皇曾派蒙恬率三十万大军北击退匈奴，收复河套失地，而后"以河为界，累石为城，树榆为塞"，使得匈奴不敢越过界线放牧牲畜，此后"榆塞"就成了边防要塞的代称。"桑干"即西北地区的桑干河，渡过桑干河就进入了唐军与契丹军的交战地区。骆宾王笔下的豪杰将士在边塞的烽火刚刚燃起时就立刻上马出征，将生死置之度外。

　　曹植、李白、王昌龄诗中的侠客怀着匡扶正义的宏伟志愿，拥有拯救天下的能力，能为义气报效知己，以天下为重，不计较个人名利得失，这才是人们崇尚的侠客面貌。这种侠客精神与儒家倡导的"仁义礼智信"不谋而合，同样追求人间的正义，不忍心看民众遭苦难，侠客和儒生可以看作是殊途同归。二者不同的是，儒生从政以君王为主，侠客仗剑走天下有一个自由之身。

第九章

哲思理趣

启功先生谈论诗歌风格的时候曾说："唐以前的诗是长出来的，唐人诗是嚷出来的，宋人诗是想出来的，宋以后的诗是仿出来的。"不同朝代的诗有着不同的风格，诗歌里藏着天地万物的灵气，隐含着人生的喜怒哀乐，映照出社会生活的风情面貌。

　　诗词由自然万物、现实万象与诗人情感叠加而成，饱含诗人的兴、观、群、怨。自然界中的万物，大至山川河岳，小至花鸟虫鱼，都可以成为诗人描摹歌咏的对象。但是，诗歌的意义并不只在描摹物象，真正感动人心的力量在于其中的情感与智慧。

　　"横看成岭侧成峰，远近高低各不同。"（《题西林壁》）苏轼写的既是庐山风景的千姿百态，也是人生的哲理。人总易被自己的狭隘之见困住，要认识事物的真相与全貌，需摆脱"当局者迷"的限制。"落红不是无情物，化作春泥更护花。"（龚自珍《己亥杂诗》其五）落花的情是诗人的移情，化作春泥只是自然的定律，但是却因作者的心志而显得多情。"青山遮不住，毕竟东流去。"（辛弃疾《菩萨蛮·书江西造口壁》）正如无数青山遮不住东流的江水，再多的困难也挡不住赤诚的爱国之心。哲理情思赋予诗词绵延于世的力量，诗词为其披上艺术和美的外衣。

在先民眼中，万物都不是凭空产生的，无论是自然现象还是人类自身，先民们在解释其起源时都归之为"神"的创造。这种泛神论的思想延续到诗歌中，使得花草树木、鸟兽虫鱼都有了思想。诗人以深情的目光看待自然，从万物中得到哲理，也得到安慰。

竹石

[清] 郑燮

咬定青山不放松，立根原在破岩中。

千磨万击还坚劲，任尔东西南北风。

郑燮是"扬州八怪"的代表人物之一，擅书法、精诗文。他字克柔，号板桥，书画诗文如其字"克柔"一样也充满着硬朗坚贞之气。郑燮一生只画梅、兰、竹、石，自称"四时不谢之兰，百节长青之竹，万古不败之石，千秋不变之人"（《兰竹册页》）。《竹石》就是他的一首有名的七言题画诗。

竹子的美是坚韧的美。一场骤雨疏风过后，庭院里娇弱的海棠花"应是绿肥红瘦"（李清照《如梦令·昨夜雨疏风骤》）。竹子生长在悬崖深山之间，根牢牢扎在岩缝里，遭受自然界千百次磨炼，却依旧顽强地挺立在风霜雨雪中。

《竹石》不只是一首竹子的赞歌，更是作者的自白。他将岩竹视为知己，竹子生长在土壤贫瘠的岩峰之中，正如同自己遭遇的重重困境。竹子以挺拔之姿傲立在风霜雨雪之中，正如自己在磨难中仍保持傲骨。

郑板桥钟情于石中之竹，与其自身经历密切相关。他出身于书香门第，早年仕途顺利，从秀才、举人、进士到知县，按照传统文人的命运稳步前进。在任时遇见连年灾荒，他采取"开仓赈贷""捐廉代输"等措施赈济灾民。仓中的粮食、捐出的银钱出自贪官豪绅桌上的酒肉，郑燮将其换成了让灾民们饱腹的稀粥，使他们逃过"冻死骨"的命运。郑燮是百姓们的青天知府，也是达官贵人们眼中的沙子。

"穷则独善其身，达则兼济天下。"郑燮为官时清廉爱民，被排挤出官场后靠卖画维持生计，生活清贫却不曾折腰。每当有人来求画他总要先"考察"一番，胸无点墨者不卖、满身铜臭者不卖、目中无人者不卖，但这种"考察"又无定则，全凭

[清] 郑燮《墨笔竹石图》

当时的眼缘和心意。有一日，求画的人太多，郑燮连画数幅，心中烦闷无比。这时，笔上的墨偏偏滴落在画纸的边缘，惹得他更为不快。他搁下画笔就朝人破口大骂，毫无文人的矜持。逐客之后，郑燮两日未碰画笔。到了第三日，又觉心中有股抑郁之气，提笔连写两幅字才觉得畅快不已。

郑燮将心志寄于笔端，将经历融在画作当中。仕途受阻，使他难以实现胸中抱负，但画里的天地却是广阔的，能接纳一切抑郁、愤怒和志向。正如他在画中题跋："要有掀天揭地之文，震电惊雷之字，呵神骂鬼之谈，无古无

今之画，固不在寻常蹊径中也。"

受儒家文化的影响，中国文人偏爱寄寓气节之物。竹与梅、兰、菊并称为"花中四君子"，与松、梅并称为"岁寒三友"，它们因耐寒的习性、清雅的姿态而被多情的诗人赋予高尚的品格，或坚贞、或退守、或谦逊，一如理想中君子的人格。

浣溪沙

[北宋] 晏殊

一曲新词酒一杯，去年天气旧亭台。夕阳西下几时回。

无可奈何花落去，似曾相识燕归来。小园香径独徘徊。

中国人对竹子和落花的爱是不同的爱。爱竹，爱的是它如君子一般的品性；爱落花，爱的是它的娇美娴静。这两种爱又是殊途同归的，它们都代表着向善向美的追求。

相比于郑燮一生坎坷，晏殊的一生颇为顺遂。晏殊早慧，十四岁以神童身份参加殿试，被真宗赐同进士出身，步入仕途。为官期间虽曾外放出京，但从未失去皇帝的赏识，后官至宰相。晏殊晚年被封为临淄公，深受仁宗敬重。不同于辛弃疾、岳飞诗词中的悲愤，晏殊生在北宋的承平时期，在任时政通人和、社会安宁，门下才人辈出，备受时人崇敬。如此看来，这样的人生可谓是无忧无虑，为何词中多感伤之语呢？

郑燮诗中的岩竹是自己的影子，晏殊笔下的落花是对韶华易逝的感喟。明媚的春景勾起了晏殊饮酒填词的兴致，游园时夕阳西下，落英缤纷，原先喜悦闲适的心情被伤春惜时的感伤冲散。景色如旧，亭台如旧，连燕子也仿佛是去年的旧相识，只是从前赏花的人不在了，鬓边的白发也多了几根。时光的消逝就像落花、夕阳一般令人无可奈何，在花间小径中久久徘徊，但伤感的心情始终无法平复。

杜丽娘春日游园，道："原来姹紫嫣红开遍，似这般都付与断井颓垣。"

（汤显祖《牡丹亭·游园·皂罗袍》）黛玉用精致的丝帕包裹住落花，葬花时自问："花谢花飞花满天，红消香断有谁怜？"（曹雪芹《红楼梦·葬花吟》）诗人的心思总是敏感细腻的，易察觉细微的变化，易触景生情。春天万物生长，却又转瞬即逝；秋天草木凋零，萧瑟的秋风过后，万籁又归于寂静。一草一木，一花一叶，都牵动着诗人的情思。"最是人间留不住，朱颜辞镜花辞树"（王国维《蝶恋花·阅尽天涯离别苦》），花的凋谢，正是美的衰零；"惟草木之零落兮，恐美人之迟暮"（屈原《离骚》），秋叶的飘落，正是生命的逝去。

琴诗

[北宋] 苏轼

若言琴上有琴声，放在匣中何不鸣？
若言声在指头上，何不于君指上听？

宋代有着"弱世"与"极世"的矛盾气质，宋词与宋诗也有着截然不同的风格。宋词多咏物抒情之作，宋诗长于借物写理。苏轼的《琴诗》是宋诗说理的典型之作。

西方哲学认为，事物是相互依存的，对立的矛盾双方可以相互转化，事

[北宋] 赵佶《听琴图》

物发展是主客观相互作用的结果。在中国哲学中，这就是"有"和"无"的问题。

苏轼借听琴一事，进一步阐发事物的"有无"之问。世人皆知琴瑟能奏出妙音，那妙音从何而来呢？《楞严经》中说："琴瑟、箜篌、琵琶，虽有妙音，若无妙指，终不能发。"乐器有妙音，依赖于人的妙指。苏轼则问，如果是这样的话，为何不在指头上听琴音呢？

琴如果没有琴师的拨弄，与山中的桐木无异；琴师面前如果没有琴，再高超的技艺也无处施展。诗人以琴声来说解哲理，琴和指单独都不能发出妙音，是谓"无"；琴与指相配合弹奏出妙音，是谓"有"。这正是老子《道德经》中所言"有无相生"，是禅理中的"因缘相合"，也是西方哲学中的"主客观相互作用"及"矛盾转化"。

词从兴起之时大多以爱情相思为主题，曲调婉转柔媚，是宴会中的助兴之乐，在很长的一段时间里被视为消遣之作，难登大雅之堂。发展至宋代，词冲破了以往的束缚，除却缠绵情思外，或抒发人生感喟，或融入豪放之气，或寄托家国之思。宋诗最珍贵之处则在于跳出了"我"的视角，探寻世间的哲理。

冯友兰先生在《中国哲学简史》中言："中国没有专业的哲学家。"哲学对于中国人而言不是一个专门的学科，也不是一门必须学习的功课，它渗透在一切文学作品中。宋诗也是中国的哲学形式之一，它以艺术化的方式解读我们生存的世界。

游山西村

[南宋] 陆游

莫笑农家腊酒浑，丰年留客足鸡豚。

山重水复疑无路，柳暗花明又一村。

箫鼓追随春社近，衣冠简朴古风存。

从今若许闲乘月，拄杖无时夜叩门。

《游山西村》是宋代诗人陆游创作的一首行旅抒情诗。苏轼的《琴诗》以禅理取胜，陆游此诗的妙处在于哲理与情景的两相交融。"山重水复疑无路，柳暗花明又一村。"诗人所游只是寻常的山村野景，因与心境契合而产生了无限的言外旨趣。

此诗作于陆游罢官闲居期间。陆游因主战而受到朝中权臣的排挤，出京时既有对朝廷的失望，也有对官场的厌恶以及壮志难酬的苦闷。回到家乡后，他希望以寻山访水的方式排解胸中不快之意，山村淳朴的风土人情给了他莫大的慰藉。

诗人在此截取了三个农家生活的片段：农民大方地拿出最好的酒菜待客，客人也不嫌弃米酒浑浊；游村之时被山水阻隔以为无路可行，谁料几步之后眼前豁然开朗，出现柳暗花明之景；春日里箫鼓阵阵，农人们身着简朴的衣衫，依照古时候的习俗拜祭社神和谷神。这种闲适素朴的农村日常令作者心生向往，即便山路崎岖，拄着拐杖也愿乘着月色夜访村居。

［明］董其昌《延陵村图》

故乡的山水冲淡了诗人从官场中带回的失意怅惘之情，诗人受山重水复、柳暗花明的启迪，心中也多了几分豁达与乐观。行路如此，人生的诸多时刻亦是如此。读书迷惑不解、工作遭遇瓶颈、生活陷入泥淖，"无路"之后都藏着"又一村"。诗人道出了万物此消彼长之理，对自己的劝勉之语也安慰了许多人，这正是此诗的动人之处。

钱锺书在谈到唐宋诗的区别时说："唐诗多以丰神情韵擅长，宋诗多以筋骨思理见胜。"（《谈艺录》）说理能够增加诗歌的深度，使其不流于辞藻表面。"柳暗花明"一句可谓是画龙点睛之笔，如若没有这一句，陆游此诗或许会尘封在他的诗集当中。当然，受宋代理学的影响，许多宋诗为说理而说理，如卫道士一般处处说教，空洞乏味，毫无美感。能在一首诗中实现"情、景、理"三者统一的诗人并不多见，陆游是一位，朱熹也是一位。

观书有感二首（其一）

[南宋] 朱熹

半亩方塘一鉴开，天光云影共徘徊。

问渠那得清如许，为有源头活水来。

朱熹是宋代理学的集大成者，他十分赞同《大学》中"格物致知"的说法，主张深入观察物的存在，思考其中的哲理。朱熹饱读诗书、极富才情，其诗虽以说理为旨，但语言通俗质朴，内容追求理趣相合，总能为平常之物添上一层新鲜感，读来大有裨益。

此诗题目为《观书有感》，但全诗并无一处提到"书"字。前两句围绕半亩方塘的景色展开：方塘有如一面镜子，清澈见底的水中映着天光云影。诗人见此心中生疑，池水为何如此澄明？一番思索之后得出了答案，原来，源头处有活水不断涌入，陈腐之物才难以留存。

方塘的水浑浊与否与读书又有何关系呢？这正是诗人说理的高妙之处。相比于"三更灯火五更鸡，正是男儿读书时"（颜真卿《劝学诗》）、"青春须早为，岂能长少年"（孟郊《劝学》）等劝学之言，诗人以一个有趣的譬喻来说理：流水不腐，方塘清澈见底是因为活水源源不断。读书正像是源头之水，圣人的思想、永恒的哲理、历史的教训，甚至是新奇的治学方法，都是"活水"，它们不断充实着我们的头脑，使我们的思维远离僵化、永葆活跃。

"以文字为诗，以才学为诗，以议论为诗"是严羽在《沧浪诗话》中对宋诗的评价。诗歌，不仅可以展示大气磅礴、恢宏开阔的气象，也可以在看似不经意的日常中，表现饱含趣味又富有哲理的深意。将自然的道理不着痕迹地讲述，看似自然天成，实则别具匠心。令人回味悠长，又引人深思。

"我见青山多妩媚，料青山见我应如是。"（辛弃疾《贺新郎·甚矣吾衰矣》）当诗人将情感投诸景物时，万物都成了他的知己。它们与诗人共享喜怒哀乐，回应着诗人的所思所感。失落时看花，"泪眼问花花不语，乱红飞过秋千去"（欧阳修《蝶恋花·庭院深深深几许》）；得意时登高，"不畏浮云遮望眼，自缘身在最高层"（王安石《登飞来峰》）；愁闷时望天，"酒贱常愁客少，月明多被云妨"（苏轼《西江月·世事一场大梦》）……一草一木都是情之所化，一词一句也都是人生遭际。

望岳

[唐] 杜甫

岱宗夫如何，齐鲁青未了。
造化钟神秀，阴阳割昏晓。
荡胸生曾云，决眦入归鸟。
会当凌绝顶，一览众山小。

"国破山河在，城春草木深。"同样是写山，《春望》中的"山"是国破家亡时的山，沾染了诗人的血泪。而《望岳》中的"山"是承平盛世时的山，凝聚着诗人的豪气。

开元年间，二十三岁的杜甫前往洛阳参加进士考试，却落榜而归。此时的杜甫尚未经历人世的风霜，相比于国破家亡、老病孤舟等遭际，落第只能算作是一个小小的坎坷。青年杜甫在短暂的失落之后，以一种浪漫不羁的姿态开启了新的生活——漫游。《望岳》一诗即作于攀登泰山之时。

泰山高耸入云，诗人站在山巅，齐鲁大地的景色尽收眼底。山南得到阳光的偏爱，景色如晨光一般明媚；山北不得阳光的照射，昏暗之中更显幽静深沉。造物主将天地的灵气都汇聚在泰山，才成就了这般神奇秀丽的景象。云气缭绕升腾，云层飘游摇荡，如此开阔的景象也让诗人胸中充满了豪气。飞鸟盘桓于山巅，又向山谷飞去，诗人的目光追随着它的踪迹，不知不觉间眼角竟有撕裂之感。诗人着迷于泰山的雄伟高峻，但并不满足于观览胜景。"会当凌绝顶，一览众山小"一句道出了诗人的真实意图，杜甫跋山涉水层层攀登，只为站在最高处俯视渺小的群山，也象征着诗人期待大展宏图、傲视群雄的凌云壮志。

诗曰："行客莫登临。"（王琪《忆江南·江南岸》）得意之人登高望见的是磅礴的气象，是险峰之上的无限风光，以及云层所托举的壮怀逸思。"欲穷千里目，更上一层楼"（王之涣《登鹳雀楼》）、"不畏浮云遮望眼，只缘身在最高层"（王安石《登飞来峰》），这些壮阔之景、达观之语皆缘于诗人原本的豪气。行客本是失意之人，登高望远也难见故乡之景，反倒是流露了更多的哀思。

南唐后主李煜也偏爱登临，"留连光景惜朱颜，黄昏独倚阑""无言独上西楼""凭阑半日独无言""独自莫凭栏"，前一句为亡国前所作，后三句为囚禁于宋时所作，同样是"凭栏"，其间的滋味却截然相反。从前登临为赏景愉情，今日登上高处为了遥望故国故乡。王国维引尼采言："一切文学，余爱以血书者。"其中以亡国之君的"血书"最为悲怆。

浪淘沙令

［五代］李煜

帘外雨潺潺，春意阑珊。罗衾不耐五更寒。梦里不知身是客，一晌贪欢。

独自莫凭栏，无限江山。别时容易见时难。流水落花春去也，天上人间。

［清］王翚《秋树昏鸦图》（楼阁部分）

写下此词不久后，李煜就去世了。不同于一般的伤春惜春之作，李煜的这首小令写尽人间四种"刑罚"：别离之苦、故国之思、囚徒之悲和亡国之恨。每一种苦难都带着锥心之痛，但它们都落在了一个人的身上，凝成泣血的哀歌。

从前的皇帝李煜也爱春天，南唐的春天是明媚的，是闲适的，带着文人的诗意浪漫和随时可散去的淡淡哀伤：

"寻春须是先春早，看花莫待花枝老。"（《子夜歌》）

"临春谁更飘香屑？醉拍阑干情味切。"（《玉楼春》）

"浪花有意千里雪，桃花无言一队春。一壶酒，一竿身，快活如侬有几人。"（《渔父》）

"一棹春风一叶舟，一纶茧缕一轻钩。花满渚，酒满瓯，万顷波中得自由。"（《渔父》）

而今宋朝的春天却是冰冷的、悲哀的。落花流水不仅带走了春天，也带走了亡国君王的希望与生命。帘外潺潺的雨，深夜的寒冷，梦里的欢愉，陷落后又复苏的江山，还有那随水飘零的落花，都是词人的泣血之书。

杜甫在悼念李白时作诗曰："文章憎命达，魑魅喜人过。"（《天末怀李白》）困境往往能让人领悟世间更隐秘的道理，体会更深沉的情感，这些体悟倾注在诗词中则体现为更幽微动人的力量。李后主几度登临看春，从天上坠落人间，这种沉痛鲜有人能够承受，苏轼的感伤相比之下更接近普罗大众，因此读来更令人感同身受。

西江月

[北宋] 苏轼

世事一场大梦，人生几度秋凉？夜来风叶已鸣廊。看取眉头鬓上。

酒贱常愁客少，月明多被云妨。中秋谁与共孤光。把盏凄然北望。

[南宋] 夏圭《松溪泛月图》

每逢中秋佳节，我们往往会想到苏轼的《水调歌头》。其实《西江月》一词也是写于中秋，这时的苏轼因"乌台诗案"经历百日的牢狱之灾，险些丢了性命，之后被贬到黄州，任一个团练副使的虚职。这番遭遇使苏轼有了心灰意冷之感，诗词也多落寞之情。

人们常说浮生若梦。苏轼在宦海浮沉数年却老大未成，回望前半生，生发出世事如梦的感叹。秋风乍起，吹落树叶，带起的秋霜也染白了鬓发。诗人以日常现象作喻抒怀，如同酒价低廉时反而忧愁客人稀少，月光皎洁之时总被乌云遮盖，人被贬之后更易受冷遇白眼，才华显露之时又常遭小人嫉妒谋害。正是这种荒谬难解的困境让诗人处在愤懑不平当中，初入仕途时的济世热忱也被消磨得所剩无几。写下"但愿人长久，千里共婵娟"的密州太守已成为过去，只留下一个"把盏凄然北望"的落魄文人。

在《水调歌头》中苏轼写道："我欲乘风归去，又恐琼楼玉宇，高处不胜寒。"这首《西江月》也写道："人生几度秋凉？"同是写中秋的寒凉，前者是月宫的凄寒，后者是人间的悲凉。苏轼曾想乘风归去，却因月宫的清寒而退却，如今经历排挤陷害之后，恐怕会觉得人间的凉更为刺骨吧。月还是那一轮月，但是心境不同，月光也自是不同。

当然，被贬黄州的遭遇没有击垮苏轼，就像陆游所言："山重水复疑无路，柳暗花明又一村。"苏轼在黄州闲散的生活中找到了另一重旨趣：游山玩水，耕田种菜，思考人生的意义何在。他重新振作起来后就蜕变成了我们所熟知的豪放派词人苏东坡。

酬乐天扬州初逢席上见赠

［唐］刘禹锡

巴山楚水凄凉地，二十三年弃置身。

怀旧空吟闻笛赋，到乡翻似烂柯人。

沉舟侧畔千帆过，病树前头万木春。

今日听君歌一曲，暂凭杯酒长精神。

《酬乐天扬州初逢席上见赠》也是刘禹锡贬谪归来后所作。苏轼的《西江月》算是满腹牢骚之语，只写了自己的失意与彷徨。刘禹锡此诗在抒发心中抑郁之时，还显示出自己对坎坷仕途的无奈，以及见世事变迁的豁达。

敬宗宝历年间，刘禹锡从和州返回洛阳，恰巧在扬州碰到了白居易。二人宴席之上把酒言欢，引为知己。白居易在宴席上作《醉赠刘二十八使君》赠与刘禹锡，刘禹锡作此诗酬谢白居易的心意。

刘禹锡谪居在巴蜀之地足足有二十三年。诗人在这里引用了"闻笛赋"与"烂柯人"两则典故来写自己心中难掩的哀伤。

魏晋时期，向秀、嵇康、吕安都是当时的名士，三人也是至交好友。向秀曾与嵇康一同打铁，也曾与吕安一同耕田种菜，一同饮酒

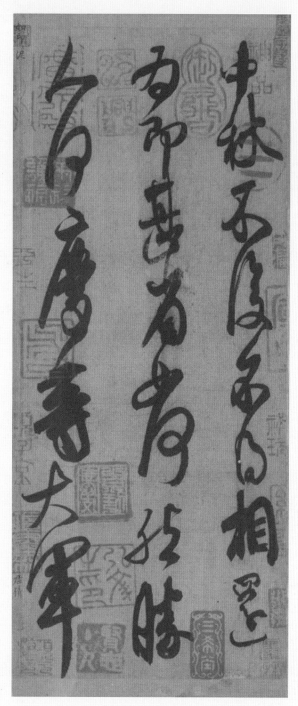

［东晋］王献之《中秋帖》（行草书）

作诗、吹笛弹琴。当时司马氏垄断朝政，四处搜罗人才为自己效力，诸多文人不满其暴虐统治而"装疯卖傻"。即便如此，许多名士还是没能逃脱司马氏的政治迫害，嵇康、吕安也在此列。向秀无奈之下参与州郡的征召，得以保全性命。一日，他路过嵇康的故居，耳边传来熟悉的笛音，怀念起三人从前的相处时光。物是人非，向秀心中万分感慨，写下《思旧赋》来纪念两位旧友。

"烂柯人"的典故也与世间的沧桑巨变有关。相传晋朝有个叫王质的人，他在上山砍柴的时候看见两个童子在山林中下棋，于是站在一旁观看。棋局变幻莫测很是精彩，王质也舍不得离去。棋局结束之后，王质想要拿起斧头去砍柴，却发现斧子锈迹斑斑，木柄也已经腐烂了。下山之后，熟悉的村庄也变了模样，身上穿的衣服也与旁人大不相同。原来，他在山上观棋的半日，人间已经过了数百年。

刘禹锡回到阔别已久的旧地，从前的旧友都已故去，王叔文再也不能和他一起对弈，柳宗元也永不能履行与他一起躬耕田园的约定。物是人非，诗人心中的哀伤不知从何说起，只能寄于两则典故之中。

在这二十三年里，朝堂上的官员已轮换数次，年轻的一代已经大施抱负，蹉跎二十余年的"我"如沉舟、病树一般早被他们超越取代。刘禹锡虽有惆怅之感，但却十分豁达乐观。这一句诗也成为后人常引的哲理：旧的事物总会被新的事物所取代，这是大自然告诉我们的道理。哀伤与不甘并不能改变什么，不如坦荡地接受，打起精神，再次阔步向前。

"人生如逆旅，我亦是行人。"（苏轼《临江仙·送钱穆父》）在人生这趟艰难的旅程中，每个人都是匆匆过客，有时一帆风顺，有时进退维谷。途中所见之春花、秋月，所遇之沉舟、病树，都是必经之景、必历之境。路途漫漫终有一归，幸与不幸都有尽头。

朱熹讲求"格物致知"，从观察具体之物出发来体悟哲学道理。这里的"物"内涵极为丰富，山水草木是物，人生遭际是物，社会现象是物，历史存在也是物。通过"格物致知"，自然万物的哲理、人间尘世的得失以及宇宙古今的盛衰，都凝铸在中国文人的笔端。从诵读诗文开始，中国人就开始接受哲理的启迪。

临江仙

[明] 杨慎

滚滚长江东逝水，浪花淘尽英雄。是非成败转头空。青山依旧在，几度夕阳红。

白发渔樵江渚上，惯看秋月春风。一壶浊酒喜相逢。古今多少事，都付笑谈中。

明朝嘉靖年间，正任翰林院修撰的杨慎因参与有关皇统问题的政治争论而触怒世宗，被当廷杖责后削去官爵，放逐到云南永昌卫。在云南，杨慎谪戍的怅惘寻到了排遣的出口，他寄情于山水，托身于民间，与村夫渔父一起谈论农事风俗，和文人一起谈诗论道、吟诗填词，留下了大量的诗文来记录云南，《临江仙》即是其中一篇。

杨慎身为首辅之子，曾高中状元，受帝王器重，施展抱负。但是因失言获此重罪，被贬到偏远的江湖，老死难以回乡。在这大起大落之间，如何转换心境、安顿自我成了他必须思考的问题。为此，他遍寻山水，接触各色人物，想从英雄、江水、青山、夕阳、渔夫、秋月、春风等物中获得指引，寻找人生和历史的真正意义所在。

杨慎开篇化用苏轼"大江东去，浪淘尽，千古风流人物"之言，引出一则重要的哲理：英雄们曾经耿耿于怀的是非成败如浪花一般转瞬即逝，反倒是那静默无言的青山始终矗立在江边。傍晚时分，夕阳亘古不变地将余晖洒在山巅。既然仕途坎坷难行，官场尔虞我诈，名利如过眼云烟，那追名逐利又有何意义呢？只能陷入名利的困局，抱着悲愤痛苦度过余生。词人从江上的渔夫处得到了启发，人生掀开了新的一幕。白发渔夫仿佛早已洞悉世理，淡泊名利固守内心，漂泊江上和自然为友，知己相逢时便开怀畅饮。历史上的三国纷争、秦汉往事，都成了佐酒谈笑之物。相比于转头成空的功名利禄，秋月春风才是值得人永远追逐欣赏的东西。至此，诗词境界大开，人生也豁然开朗。

"古今多少事，都付笑谈中。"虽说英雄盛世终会落幕，但我们不能陷入历史虚无主义中，否定他们存在的意义；也不能走入另一个极端，厚古薄今，否认今人的成就。杨慎怀古以咏怀，赵翼则以"论诗"来评说今事。

论诗五首（其二）

[清] 赵翼

李杜诗篇万口传，至今已觉不新鲜。
江山代有才人出，各领风骚数百年。

唐诗长于丰韵气象，宋诗善于论道说理。有唐宋两座大山在前，后来人很难翻越，加上清代八股文的束缚，清代的诗歌落于模仿的窠臼，缺乏新意。诗人借此诗鼓励时人不要刻意模仿、亦步亦趋，要将自己视作能领一代风骚之人，求新求变，开创独具一格的诗风。

赵翼以诗坛的两座高峰为例："李杜诗篇万口传，至今已觉不新鲜。""诗仙"李白是浪漫主义诗人的代表，"诗圣"杜甫是现实主义诗人的代表，他们的诗被诗家奉为圭臬。流传千百年，人人都能吟得几首李杜名句，但读得多了也渐渐失去了新鲜之感。唐诗写出了唐代的兴象，宋词呈现出豪放、婉约两种风格，元曲平白晓畅，诗风随着时代而变。诗人以发展的眼光看待文学

[唐] 李白《上阳台帖》草书

创作，指出文学创作的基础在于社会现实。一味地模仿只会忽略当今时代独有的魅力，诗词也如无根浮萍一般难以繁茂长存。

立足现实，思想创新，这不仅仅是引领文学发展的法宝，也是一条颠扑不破的真理。

贫女

[唐] 秦韬玉

蓬门未识绮罗香，拟托良媒益自伤。

谁爱风流高格调，共怜时世俭梳妆。

敢将十指夸针巧，不把双眉斗画长。

苦恨年年压金线，为他人作嫁衣裳。

每一个朝代都不乏引领风骚的才人，但更多的是怀才不遇的落魄文人。秦韬玉出身武将世家却偏好诗文，然而他的才情不足以支撑他在唐代诗坛占据一席之地。他考科举屡次不中，后为当时的权臣田令孜充当幕僚。田令孜是个有权势的宦官，喜谄媚阿谀之人，秦韬玉在他的手下也谋得了一些小官职。黄巢起义之时，僖宗入蜀避难，秦韬玉也在随行之列，因护驾之功被赐进士身份。秦韬玉虽得偿所愿步入仕途，但却常受时人讥讽，称为"巧宦"。

　　《贫女》一诗作于秦韬玉微时，全篇以待嫁贫女之口讲述生活的辛酸，以此来比喻自己壮志难酬的愤懑。秦韬玉诗文平平，人品也多受诟病，但这一句"苦恨年年压金线，为他人作嫁衣裳"却因深刻的哲理性而长传后世。

　　贫苦人家的女儿从未穿过华丽的丝绸衣裳，想要找一个好的媒人、谋一门好的亲事，但是良媒怎么会操心贫女的婚事呢？人人都爱华丽娇媚的女郎，穷苦人家的女儿格调高又如何？十指纤巧又如何？只能是孤芳自赏罢了。手中年年攥着金线，绣出一件件精致的嫁衣，但从未穿到自己的身上。

　　诗人对贫女的哀怨感同身受，寒士饱读诗书却难得伯乐举荐。坚守内心的清高，不追逐流俗，但这样却使得诗人更加孤独。寒门出生的读书人即使

［东晋］顾恺之《女史箴图》（宋摹本，梳妆部分）

有才华又能走多远呢？多是在权贵的府上做个幕僚，在他们背后出谋划策、替笔撰文。贫士用才华笔墨织成权贵身上的名利外衣，府外谁也不知他的姓名。

"为他人作嫁衣裳"也成了一个比喻：受压榨、受剥削，为别人辛苦忙碌，自己落不到半点好处。"贫女"的苦恨在封建社会随处可见，蚕妇辛苦一年，卖丝之后不由得泪湿满襟，只因"遍身罗绮者，不是养蚕人"（张俞《蚕妇》）；蜜蜂辛辛苦苦地采花酿蜜，却不知"为谁辛苦为谁甜"（罗隐《蜂》）；农夫春耕夏耘，精心侍弄土地，却等不来秋收冬藏，"到头禾黍属他人，不知何处抛妻子"（张碧《农父》）。

李白在《春夜宴从弟桃花园序》中说："夫天地者，万物之逆旅也；光阴者，百代之过客也。"无论是盛世王朝，还是苟安富贵的小朝廷；无论是枭雄才人，还是渔夫贫士，一切都会归为尘烟。既然如此，那人生的意义在哪里呢？积极向上是一生，颓废沦落也是一生，我们该如何对待人生？

李商隐有诗道："夕阳无限好，只是近黄昏。"（《乐游原》）生命的逝去就像夕阳西下一样难以阻挡，这或许能给我们一些启示：因为光阴有限，所以倍显珍贵；因为流年似水，所以岁月的流逝也常让人感到哀伤。李后主在年岁无多的时候感叹"自是人生长恨水长东"，而苏轼在游蕲水清泉寺时却见到溪水西流，于是生发出另一重感悟。

浣溪沙·游蕲水清泉寺

[北宋] 苏轼

山下兰芽短浸溪，松间沙路净无泥，萧萧暮雨子规啼。

谁道人生无再少？门前流水尚能西！休将白发唱黄鸡。

这首词是元丰五年（1082年）春三月作者游蕲水清泉寺时所作，写于《西江月·世事一场大梦》之后。同是谪居黄州，两年前的苏轼心如枯木，两年后的苏轼已豁然开朗。

[明] 文徵明 《溪桥策杖图》

词的上片写眼前所见之景：春日里新生的兰草嫩芽浸在清泉之中，一场春雨将沙路上的污泥冲洗得干干净净，林间传来杜鹃鸟的啼鸣。这一切都充满了生机。下片借溪水说理：江河溪水从来都是东逝，寺旁的兰溪竟是向西流去。"子在川上曰：'逝者如斯夫，不舍昼夜。'"（《论语·子罕》）光阴犹如江水，昼夜不停地逝去不返，这是不可抗拒的自然规律。苏轼见到了西流的兰溪时又唱了一次"反调"："谁道人生无再少？门前流水尚能西！"人生从时间上而言不能回到少年，但是可以以少年的胸怀度过晚年，正如"老夫聊发少年狂"一样。白发苍苍时也不应哀叹时日无多，等着行将就木的那一天。

苏轼以一种积极向上的姿态面对人生，即使白发苍苍也要有所作为。杨慎站在长江岸边，看破虚名浮利的陷阱，向往道家的无为、佛家的虚空，希望像隐士一般过着清净自乐的生活。李白在观叹世事之后也给了我们一种答案："而浮生若梦，为欢几何？古人秉烛夜游，良有以也。况阳春召我以烟景，大块假我以文章。会桃花之芳园，序天伦之乐事。"（《春夜宴从弟桃花园序》）正因为光阴短暂，才更应该去珍惜，秉烛夜游欣赏自然景致的馈赠，挥毫落纸抒发胸中的意气，与朋友欢聚探讨世间的哲理，与家人团圆珍惜来之不易的天人之乐。

中国的文人游转于儒释道之间，以奋发向上的姿态入世，遭遇困境时在佛道处获取安慰。东逝的流水给诗人留下的无限的遐想空间，引出有关人生、社会、历史的数重哲理。这是不同生命姿态的取舍，也是哲学的宽容与智慧。

第十章

风土人情

诗词中有家国兴衰、王侯将相，有风流文人、哲思理趣，也有市井小民、风土人情。这些诗词里保存着中国古代社会最为鲜活深情的一面，记录着各种民俗传统。

　　传统中国人的情感多是含蓄而蕴藉的，表达情感的重要方式之一就是将其托寄在他物上。"结发为夫妻，恩爱两不疑。"（苏武《留别妻》）感情的真挚与忠诚都在默默无言的"结发"之中；"玉户帘中卷不去，捣衣砧上拂还来。"（《春江花月夜》）张若虚笔下的"捣衣"原本只是一道制衣的工序，因妇人的思念而成为诗文中独特的意象；"年年送客横塘路，细雨垂杨系画船。"（范成大《横塘》）"横塘""垂杨"也是传递和解读情思的重要暗语，诗中并未直接提及分别时的难过和不舍，但后人却能从中感受到送别人和远行客之间的深情。这些传递着最真挚隐秘的情感的暗语皆来自传统的习俗。

　　花朝节、寒食节、上巳节、中元节……那些曾经无比重要的传统节庆，时至今日已被人们悄然遗忘，诗词却为我们重现了其中将要遗失的节日之景。花朝节时，人们外出踏青"赏红"，将红纸剪出花朵的模样挂在枝头，许下如春天一般美好的愿望；寒食节到来之际，上至王公贵族、下到平民百姓，家家户户都熄灭烟火蜡烛。吟诵着"尚劳点缀贺花神"（蔡云《咏花朝》）、"日暮汉宫传蜡烛"（韩翃《寒食》）之句，仿佛时光倒流，穿越到千百年前的诗意中国。

洗手作羹汤：结婚生子的「仪式感」

历史上有兴亡更迭的大事记，人生中也有值得庆贺的特殊时刻。无论是"洞房花烛夜"，还是"金榜题名时"，我们常用一些仪式来标记这些特殊的日子，比如结为夫妻要有婚礼，生下孩子要置办满月酒。在这些特殊的日子里我们还要遵循一些独特的规矩，如在婚礼上要穿喜庆的衣服，在满月酒上要对婴儿表达祝愿，这些充满人情味的行为不断延续，久而久之就形成了习俗。

新嫁娘词三首（其三）

〔唐〕王建

三日入厨下，洗手作羹汤。

未谙姑食性，先遣小姑①尝。

婚姻是人一生中的大事，对于古代的女子而言更是如此，嫁入夫家才是找到此生真正的归属，一生的幸福完全系于夫家。一旦嫁为人妇就要担起相夫教子、侍奉公婆的重任。王建的《新嫁娘词》通过"妇馈舅姑"这一新婚习俗描绘了唐代新娘子初入夫家时的状况，充满了民间风俗之趣。

唐代的新娘子在新婚第三日要依照习俗下厨做饭奉养公婆，称作"妇馈舅姑"礼，一是昭示新妇的贤惠与孝顺，二是代表新妇作为家庭的一员开始正式操持事务。到了这一天，诗中的新妇自然是想通过可口的饭菜来赢得公婆的欢心，但是才过门三天，她还不了解公婆的口味，怕做出的饭菜不合他们的胃口。聪慧的新娘子想到了一个好

---

① 小姑：丈夫的妹妹。

主意，做好饭菜以后先让小姑子尝尝味道如何，这样一来做出的菜肴定能让公婆满意。

那为什么将公婆称为"舅姑"呢？这一称呼方式与古时候的通婚观念的演变有关。在人类形成氏族社会的初期实行的还是群婚制，孩子出生之后只能确定母亲是谁。后来随着生产力的进步，大家聚居成稳定的部落，群婚的习俗也逐渐向固定婚姻演变。当时的人发现同一部落的男女成婚后生出的孩子体弱多病，智商也常会出现问题，先民们由此定下"同姓不婚"的婚姻禁忌，以族外通婚取代族内通婚。那时部落较少，而且人口的流动范围也有限，常常会出现两个部落之间相互嫁女代代通婚的状况。因此婆婆和儿媳往往出自同一部落，按辈分为姑侄关系；新娘子也相当于嫁到了母亲的娘家，故称公公为舅舅。舅姑的称呼相比于公婆显得更为亲近，而这种血缘的联系也使得部落之间的来往更加友好密切。

这位洗手做羹汤、心思慧巧的新嫁娘，今后一定会得到公婆、小姑的喜欢，也会得到丈夫的宠爱，是一位"宜其室家"的好媳妇吧。对于即将嫁为人妻的姑娘来说，能得到"宜其室家"的评价，也许就是对她最高的赞美和最好的祝愿了。

诗经·周南·桃夭

[先秦] 佚名

桃之夭夭，灼灼其华。

之子于归，宜其室家。

桃之夭夭，有蕡其实。

之子于归，宜其家室。

桃之夭夭，其叶蓁蓁。

之子于归，宜其家人。

艳如桃花的姑娘一定都是令男子们朝思暮想的，能够抱得美人归，是多

[宋] 佚名《碧桃图》

少男子心中的愿望。是不是有一副好看的皮囊就是美？早在春秋时期，楚国的伍举就"何为美"曾与楚灵王进行讨论。伍举说："夫美也者，上下、内外、大小、远近皆无害焉，故曰美。"（《国语·楚语》）很明显，伍举认为"无害则是美"，且要对上下、内外、大小、远近都无害，也就是说"善即为美"。孔子则把"善"与"美"区别开来，要求不单是要"尽美"，"尽善"才是根本。所以，人们在选择妻子时，谈及的标准是"娶妻娶贤"，这里的贤，是真与善的融合。若能再加以"美"，这样的女子，一定是众所求之。

《桃夭》中这位即将出嫁的姑娘，不仅明艳娇媚，外表出众，更是"宜其室家"，内心美善。这样的新娘未来带给夫家的将是和睦幸福、其乐融融，谁人又会不爱呢？当然是"执子之手，与子偕老"（《诗经·邶风·击鼓》），可理想与现实或许却是咫尺天涯。

孔雀东南飞（节选）

[汉] 佚名

府吏得闻之，堂上启阿母。

儿已薄禄相，幸复得此妇。

结发同枕席，黄泉共为友。

共事二三年，始尔未为久。

　　焦仲卿与刘兰芝"死生契阔，与子成说"（《诗经·邶风·击鼓》）的爱情让人悲戚，生时结发同席，死后黄泉为友，生死不渝，永不分离。为什么古时候夫妻要结发呢？这就是古代的成婚礼仪中所定下的规矩。《礼记·曲礼上》说："女子许嫁，缨。"《仪礼·士昏礼》说："主人（婿）入室，亲脱妇之缨。"也就是在女子许嫁后，用五彩丝绳束发，表示这个女子已经有了对象。等到结婚当天晚上，才由新郎亲自将这条丝绳解下。这条丝绳就是夫妻关系的信物，吾发为君结，吾发由君解，"结发为夫妻，恩爱两不疑"（苏武《留别妻》）。现在便把成年后第一次结婚的原配夫妻称为结发夫妻，表永结同心之义。

洗儿戏作

[北宋] 苏轼

人皆养子望聪明，我被聪明误一生。

惟愿孩儿愚且鲁，无灾无难到公卿。

　　添丁进口是一件让人愉悦和幸福的事，娶新妇入门如此，迎接新生命亦然。因此婴儿出生后也有许多传统的庆贺活动，如"洗三""满月酒""抓周"，等等。苏轼此诗即作于儿子"洗三"之时。

　　"洗三礼"是中国重要的生育习俗之一。古代婴儿出生后第三日，家人要为他举行一个沐浴的仪式，希望能通过洗浴除去身上的污秽和将来的灾祸。洗三礼上，亲朋好友会前来庆贺，既是欢迎新生命的降临，也是为初生的孩子祈福祝愿。

苏轼因为"乌台诗案"被贬谪到黄州担任团练副使。被贬五年间苏轼从最初的不平愤懑到后来的苦中作乐，心境发生了很大变化。在逐渐适应了身份和环境的变化后，他将大把的时间花在上山寻访僧道、去山间溪谷处游乐等事情上。在黄州这段艰苦的岁月里，他的侍妾朝云一直陪伴在侧，还为他生下了一个儿子，取名"干儿"。

到了干儿洗三礼的时候，苏轼在黄州结交的新朋友都来祝贺。干儿生得俊秀聪颖，颇受人怜爱夸赞，苏轼也十分喜欢这个儿子。喜得贵子，通常都是祝愿孩子聪明伶俐、身体健康或前途锦绣。只有苏轼写下了"惟愿孩儿愚且鲁"之句，在一片吉祥的祝福语中显得格格不入。他以反讽之笔许下了不一样的愿望，将自己对政治的失望和对人生的反思用这种诙谐的方式表达出来。苏轼认为自己一生是"聪明反被聪明误"，心怀天下、直言进谏，却屡次被贬，只得在虚职中蹉跎岁月。而那些公卿宰相们面对朝堂弊病装聋作哑，尸位素餐还能无灾无难。相比于自己聪明但坎坷的一生，不如让孩子做一个愚鲁但富贵的人。

自唐代以来，婴儿出生三日不仅要沐浴，还要举办宴会，邀请宾客吃

［清］佚名《婴戏图》（斗草图部分）

"汤饼"，称为"汤饼筵""汤饼会"等，婴儿出生三日又叫"汤饼之期"。那"汤饼"究竟是一种什么食物呢？"汤"指的是热水，"饼"是我国古代面食的总称，比如在古代，馒头叫作蒸饼，烤出来的圆饼叫胡饼，热水煮出来的面食就统称为"汤饼"。今天我们所吃的面条、面片儿、饺子、馄饨和汤圆等在当时都叫作汤饼。苏轼曾在恭贺友人喜得贵子时写道："甚欲去为汤饼客，惟愁错写弄獐书。"（《贺陈述古弟章生子》）诗中引用了李林甫"弄獐之庆"的典故，语言幽默风趣，为整首诗平添了几分喜庆之气。

相传唐朝时候，太常少卿姜度喜得贵子，宰相李林甫作为他的表兄前来参加汤饼会，满堂宾客中李林甫的地位最高，他写的贺文被主人拿出来展示。只见上面写着"闻有弄獐之庆"，李林甫将"璋"错写成了"獐"，在座宾客忌惮李林甫权相的身份纷纷掩口偷笑。

在古代，生男称为"弄璋"，生女称为"弄瓦"，其中"璋"是玉器的一种。西周时期大臣朝见天子时要手持玉圭，是一种身份的象征，因此家中生下男孩后就把璋拿给他把玩，希望他长大之后能够参与政事。"瓦"指的是纺车上的一个零件，女性在那时多承担着纺线织布等家务，把瓦给女孩子玩也寄托着父母对女儿的期盼，希望她能贤惠勤劳安于家室。而李林甫贺文中写的"獐"是一种小野兽的名字，比如我们在形容一个人面貌丑陋、品德低

［清］任颐《弄璋图》（局部）

下时会说"獐头鼠目"。李林甫的贺文将这位小婴儿从如玉一般的君子变成了一只"小野兽",令人啼笑皆非。

除了"洗三"外,有的地方在小孩满月、周岁的时候也办汤饼会,席间多吃细细长长的"水饮",也就是我们今天所说的面条。面条长而细,"长瘦"谐音"长寿",十分吉利。后来人们便将吃面条作为过生日时的习俗,这碗特殊的面条逐渐演变形成了如今的长寿面。如元朝张翥在一首贺寿词中道:"愿年年,汤饼会,乐情亲。"(《最高楼·为山村仇先生寿》)

一年三百六十日,一日十二个时辰,光阴被切割成固定的段落。倾注了感情的仪式让某一天变得独特、让某一刻变得珍贵。仪式使重要的时刻在漫漫人生中始终闪光,使我们切切实实地感受到生命的跳动。我们用最繁复的礼节表达心意,用特定的行为来标记它的珍贵,是这些仪式让人生变得如此不同。

"良辰美景奈何天，赏心乐事谁家院"（汤显祖《牡丹亭·游园·皂罗袍》），人生有数说不尽的乐事，也有无数的悲哀。江淹曾道："黯然销魂者，唯别而已矣！"离别无外乎是人间最痛苦的事了，古人想出了许多办法来消解、冲淡离别的悲剧色彩，或将相思寄他物，或为离去之人构建出一个虚幻美好的他乡……正如生之欢喜要有庆贺仪式，别之哀伤也有礼俗纪念。

雨霖铃·寒蝉凄切
［北宋］柳永

寒蝉凄切，对长亭晚，骤雨初歇。都门帐饮无绪，留恋处，兰舟催发。执手相看泪眼，竟无语凝噎。念去去，千里烟波，暮霭沉沉楚天阔。

多情自古伤离别，更那堪，冷落清秋节！今宵酒醒何处？杨柳岸，晓风残月。此去经年，应是良辰好景虚设。便纵有千种风情，更与何人说？

柳永是宋代著名词人，据说当时"凡有井水处，皆能歌柳词"，由此可见柳永才华横溢，且诗词的传唱度也很高。但柳永的仕途并不如意，他曾三次参加科举，第一次落榜时他虽略有失望但还是很有自信，提笔写道："富贵岂由人，时会高志须酬。"（《如鱼水》）五年之后的科举考试中柳永又落榜了，他失意之下写了一首发牢骚的词。这时的他在京城已经有了一定的名气，在你来我往的传唱中，这首词竟传到了皇帝的耳里。其中有一句"忍把浮名，换了浅斟低唱"（《鹤冲天》）惹得宋仁宗非常不快。第三次科举时，柳永终于获得了一个好名次，仁宗在浏览名册时

[明] 沈周《京江送别图》（告别部分）

看到柳永的名字，询问之后发现他就是写下那首《鹤冲天》的词人，于是说道："我记得这个人鄙视功名利禄，喜欢在秦楼楚馆喝酒唱词，那还来求浮名做什么，让他填词去吧。"就这样，柳永便丧失了入朝为官的机会，他自嘲是"奉旨填词柳三变"。

仕途断送之后，柳永选择离开汴京，到南方寻找出路。他在汴京时与一位红颜知己感情颇深，分别在即，前程和爱情的两种无奈交织起来使得柳永心中格外哀伤，于是写下了这首《雨霖铃》。上片写离别之景，下片记叙伤感之情，哀婉动人，堪称是古今抒写离愁别绪的名篇。

长亭、帐饮、杨柳，柳永在词中使用了诸多意象来描写分别的场景。"长亭"在诗词中指称送别之地。"亭"者，停也。秦汉时期，乡村中大约每十里设一亭，最初是给官家驿传信使提供住宿和补给的地方，后来逐渐成为人们郊游休息和送别之处。除了"长亭"外，"横塘""南浦"也是送别的重要意象，如范成大诗中言"年年送客横塘路，细雨垂杨系画船"（《横塘》），江淹在《别赋》中言"送君南浦，伤如之何"。南方河道密集，游子出行多走水路，"横塘"是一个堤坝的名字，在今天的江苏省苏州市；"南浦"本意是指南面的水边。这两地与陆上的"长亭"一样多是送别之地，代指离别。

　　词中提到的"帐饮"是古代的一种送别仪式，指在郊野张帷设帐宴饮送别。"饯行"原是指远行之前拜祭路神的仪式，后来演变成置办酒席为亲朋好友送行。但是在码头路口等处分别时无法安排饯行宴，古人就设下帷帐，准备简单的酒宴来为离人送行，更多的时候是用一杯酒来替代，如王维诗中所写："劝君更尽一杯酒，西出阳关无故人。"（《送元二使安西》）不同于折柳相赠的哀伤婉转，饮酒送行则多了几分英豪之气。

　　"柳"也是诗文中送别的重要象征。古代送别时有折柳相赠的习俗，"柳"者，留也，表不忍分别之意。俗语言："无心插柳柳成荫。"将随处能成活的柳树送给远行之人也代表着一种祝愿，祝愿他们到了异乡之后也能如在故乡一般生活顺遂。无论走到哪里，看见随风飘拂的杨柳都会想起故乡人的惦念，这种绵长蕴藉的相思是独属于中国人的浪漫。柳永在词中说："杨柳岸，晓风残月。"晓风吹拂着岸边的依依杨柳，天边还留着昨夜的一弯残月，但是昨日送行的知己已经在遥远的另一方了。

　　离别是哀伤的，如何能在相别之地，将依依不舍化作欢快的歌舞，让真挚的情谊化为永铭心间的雅趣。桃花潭深，莫逆情长。

赠汪伦

[唐] 李白

李白乘舟将欲行，忽闻岸上踏歌声。
桃花潭水深千尺，不及汪伦送我情。

　　一代"驴友"李白畅游祖国山水间，游至安徽，好笔友泾川豪士汪伦听说后，修书一封："先生好游乎？此地有十里桃花，先生好饮乎？此地有万家酒店。"好游好酒者李白一听，快马加鞭，欣然前往。到了才知，此处有一潭，方圆十里，名曰"桃花"，可惜未种桃花一枝；此处有一酒店，店主人姓万，并无一万家酒店。李白大笑。

汪伦早慕李白才情，以往常有诗文往来赠答，今日得聚，大有相见恨晚之意。汪伦留李白游玩数日，并赠以财物。李白乘舟欲行，汪伦带着村民手牵手，踏歌相送。

　　诗中所言"踏歌"，是中国古代的一种艺术形式。作为一种古老的艺术，踏歌的产生时间不晚于新石器时代。在考古发现中，人们看到了一件内壁绘有"舞蹈"的彩陶盆。其主题纹饰为舞蹈纹，五人一组，手拉手，面向一致，头侧多有一斜道，似为发辫，摆向划一，每组外侧两人的一臂画为两道，似表现空着的两臂舞蹈动作较大而频繁之意。这实际上反映的就是古代先民劳作之余，欢乐地手拉手集体跳舞和唱歌。原始先人所表演的这种歌舞，后人命名为"踏歌"。

　　"踏歌"得名并风行于世是从唐代开始的，当时统治阶级对踏歌很感兴趣，有时还在上元等节日举行规模盛大的踏歌活动。唐代的普通民众更是表现出对踏歌的喜爱之情，"夜宿桃花村，踏歌接天晓"（顾况《听山鹧鸪》），反映的是乡野村民彻夜踏歌的欢快情景。踏歌不同于宫廷舞蹈，人数不限，形

［南宋］马远《踏歌图》（局部）

式自由，动作自由，歌词也是即兴而作，是一种相对自由的民间娱乐活动。欢乐节庆时，踏歌助兴；好友分别时，踏歌送行；男子慕女时，踏歌示爱。汪伦给李白举办的这场盛大、生动的踏歌送别仪式，让李白感动不已，留下了这首千古送别名篇。

人们常说生离死别，世间最长久哀痛的一种离别莫过于死亡。杜甫诗言："死别已吞声，生别常恻恻。"（《梦李白二首·其一》）生离固然让人神伤销魂，但死别更是摧人心肝。

死亡是人躲不过的别离。两汉时期有一首挽歌《薤露》，诗中言："薤上露，何易晞。露晞明朝更复落，人死一去何时归。"薤草上的露水今日干了，明日还能重新凝结，人死之后却再也无法回到世间。曾与之共度的光阴华年，时间越久，便凝成越深的眷恋，然而阴阳两隔，遗憾再不能圆满。

"夫终身相守者不知有愁，亦复不知其乐。乍一别离，则此愁难已。"（陈祚明《采菽堂古诗选》）归有光在《项脊轩志》中写道："庭有枇杷树，吾妻死之年所手植也，今已亭亭如盖矣。"在一遍又一遍的追忆中，从前平凡的细节也变得悲怆动人，母亲曾站在小轩门前嘘寒问暖，妻子曾立于桌侧问学闲话，砖瓦垣墙修葺之后仍似旧时模样，枇杷树上的年轮也在一圈圈增长，但从前的人却不会再回来了。思及此，活着的人除了"长号不自禁"又能如何呢？谁能与死神抗争呢？

柳永与恋人离别之后大概还有相见的机会，但是苏轼和王弗只能在梦中相见。苏轼十九岁的时候与才女王弗结婚，那时的王弗才十六岁，娴静聪慧又极富才情，二人游山玩水、谈诗填词，过着神仙眷侣一般的生活。本以为能相携一生，但十年之后王弗因病去世，二人从此幽明两隔。这首词作于王弗逝世十年之后，这十年间苏轼另娶他人，还有了孩子，在官场上一再遭贬。王弗离世带来的哀痛和打击看似随着光阴的流逝而渐渐淡去了，但是在夜深人静时，凄凉落寞又重回苏轼心头。

江城子·乙卯正月二十日夜记梦

[北宋] 苏轼

十年生死两茫茫，不思量，自难忘。千里孤坟，无处话凄凉。纵使相逢应不识，尘满面，鬓如霜。

夜来幽梦忽还乡，小轩窗，正梳妆。相顾无言，惟有泪千行。料得年年肠断处，明月夜，短松冈。

苏轼与王弗结缘于眉山中岩寺里的一汪池水。当时苏轼在中岩书院求学，在一众学生当中，苏轼的人品学识最为突出，深受老师王方的喜欢。王方有意将女儿王弗嫁给他为妻，王弗却没有完全听从父亲的安排，想要亲自去看看这位才子。王方组织了一次游春的活动，将学生们都带到了中岩寺，指着院中的鱼池说："这一池鱼颇有灵性，是寺中的宝物，但是这个小池还没有名字，请诸位发挥聪明才智取一个吧。"

众人取了很多名字，"藏鱼池""引鱼池""宝鱼池""跳鱼池"等，但是王方总觉得这些名字都缺了一丝灵性。苏轼见池中鱼儿随着香客的身影游来游去，听人拍掌时群聚而来，便起名字叫"唤鱼池"。王方听到"唤鱼池"三个字时心中一喜，而躲在一旁相看苏轼的王弗也十分满意，因为她先前写下的

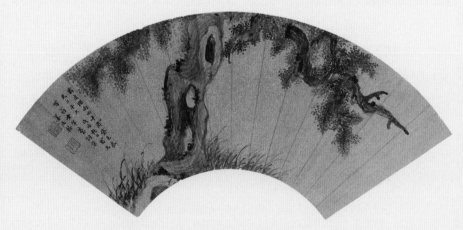

[明] 姜廷翰《古柏图》扇页

三个字也是"唤鱼池",与苏轼极为默契。

王弗就像是苏轼的白月光。她去世的这十年中,苏轼虽然鲜少提起往事,但从未忘记过与王弗的昔日美好。在梦中相见,看到的都是年轻时王弗坐在轩窗前梳妆的样子。苏轼因受朝中大臣的排挤调任密州赴任时正好遇到旱灾,百姓们生活困苦,政务格外繁重,人到中年的他鬓边已经长出了丝丝白发。梦中看见故去妻子的身影,想起从前的快乐时光,苏轼不禁悲从中来,"相顾无言,惟有泪千行"。王弗去世以后,苏轼亲手在墓边种下松树,由此寄托永恒的思念。

为什么要在墓地种松树呢?据《礼记》记载:"尊者丘高而树多,卑者封下而树少。天子坟高三刃,树以松;诸侯半之,树以柏;大夫八尺,树以药草;士四尺,树以槐;庶人无坟,树以杨柳。"这是首次出现的以坟墓种植的树种代表尊卑等级的规定。后来,树种的规定并没有严格执行,普通人的墓茔旁也可以栽种松柏,借松柏以祝祈。一是因为松柏的寿命很长,且四季常青,所以人们希望逝者能够在松柏的护佑下安息,并能够让后福绵延;二是因为松柏不怕蚊虫,它的周围一般也没有蚊虫侵扰,人们希望在此长眠之人不被打扰,得到安眠。

生命的逝去并不是人能够掌控的,如何淡化死亡的悲剧色彩成了中国人思考的重要命题。人们举办葬礼,祭奠逝去的亲人,将共同的记忆刻在心中,故去之人的音容笑貌以思念的方式留在人间。佛教、道教创造出另一个灵魂栖居的世界,人们愿意去相信死亡是人世寿命的终结,也是另一个轮回的开始。

端午节吃粽子、赛龙舟、凭吊屈原；中秋节赏月、吃月饼、听嫦娥奔月的故事；七夕节遥望星空，寻找鹊桥上的牛郎织女……这些传统节日穿越千年的时光流传到今天，不断演绎出新的故事。但是，也有许多节日因我们的遗忘而逐渐蒙上了尘埃，只能在古籍中追觅其影踪。

寒食

［唐］韩翃

春城无处不飞花，寒食东风御柳斜。

日暮汉宫传蜡烛，轻烟散入五侯家。

韩翃在诗中描写了唐代寒食节的场景：这一天都城长安柳絮飞舞、落红无数，东风吹拂着宫墙内的翠柳。暮色降临之际，各个宫室传入蜡烛点燃灯火，昭示着皇恩的阵阵轻烟从宫里传向贵族重臣之家。

寒食的历史可以追溯到春秋时期。晋文公重耳未继位时曾因宫变在民间流亡数年，其间缺衣少食，时常要靠乞讨果腹，追随他的大臣们都渐渐离去了，只有介子推始终依伴在他的身边，甚至不惜割股肉救君王。重耳逃亡十九年后才回到了晋国，褪去流民的不堪，成为国家君主。往日追随过重耳的人都凭借微末的功劳获取了一官半职，但介子推却十分鄙视这些趋炎附势的人，带着母亲隐居在绵山。

母子二人在绵山过着清贫的生活，时常衣不蔽体，靠挖野菜充饥。介子推的好友为他的遭遇愤愤不平，将介子推所做的事情告知众人。晋文公为自己忘恩负义的行为感到格外惭愧，命人备上豪华的马车，亲自去请介子推出山做官，但是介子推连他的面也不见。这时，晋文公的随从为他出了一个主意，说："君不如纵火烧山，起火之后介子推无处藏身，自然会出来见您。"

晋文公采纳了这个昏法子，大火逐渐蔓延开来，整整燃烧了三日，直到烧光了整个山头也未见介子推母子的影子，随从搜山之后才在一棵大柳树下看到二人的尸骨。晋文公悲痛不已，对着介子推的骸骨失声痛哭，将他的遗体厚葬在绵山上。此后每到介子推祭日，举国禁火三天以示哀悼，家家只能吃冷食，故名"寒食节"。

不能用火，给人的生活带来诸多不便，三天的禁火之期后来缩短为寒食节一天。到了唐代，禁火的制度又发生了些许变化。寒食节的晚上，皇帝会拟旨，取榆柳之火赏赐亲族和功臣，此举标志着寒食节的结束，家家户户自第二天起就可以生火了。赐火，不仅是禁令的告结，也隐含着皇帝对大臣的劝诫，提醒他们要学习介子推的忠诚和清廉。演变到后来，寒食节晚上，在周遭一片黑暗中，权贵人家偶尔冒出的点点烛火就成了尊宠的象征。

随着特权的不断扩大，禁火的习俗逐渐从生活中淡去了。因寒食节在清明节的前一天或两天，两节的习俗渐渐融合。到了唐代，朝廷干脆下令将两节合为一节："自今已后，寒食通清明，休假五日。"（《唐会要》）因此，在诗词中我们经常看到清明、寒食同列的句子，如"乌啼鹊噪昏乔木，清明寒食谁家哭"（白居易《寒食野望吟》）、"家住江南，又过了、清明寒食"（辛弃疾《满江红·暮春》）等。

提到清明节，我们常常会想到祭祀、扫墓的习俗，这是清明的人文内涵。如杜牧诗言："清明时节雨纷纷，路上行人欲断魂。借问酒家何处有，牧童遥指杏花村。"（《清明》）除此之外，清明节还有一重自然身份——二十四节气之一。

《说文解字》中说："清，朗也。""明，照也。""朗"和"照"又都可以训释为"明"。我们常说清风明月、清明在躬、清澈明净，用"清明"来为一个节气命名，其中的清新之气扑面而来。《岁时百问》如此解释清明节气："万物生长此时，皆清洁而明净。故谓之清明。"

清明节气在仲春、暮春之交，此时阳光明媚，草木清新，百花次第绽开，如元稹诗言："清明来向晚，山渌正光华。杨柳先飞絮，梧桐续放花。"（《咏廿四气诗清明三月节》）人间一派生机勃勃，正是踏青游春的好时机。

木兰花慢·拆桐花烂漫

[北宋] 柳永

拆桐花烂漫，乍疏雨、洗清明。正艳杏烧林，缃桃绣野，芳景如屏。倾城。尽寻胜去，骤雕鞍绀幰出郊坰。风暖繁弦脆管，万家竞奏新声。

盈盈。斗草踏青。人艳冶、递逢迎。向路傍往往，遗簪堕珥，珠翠纵横。欢情。对佳丽地，信金罍罄竭玉山倾。拚却明朝永日，画堂一枕春醒。

相比于杜牧笔下的"欲断魂"，柳永这首慢词则突出了清明时节的旖旎春光，踏青、赏花、斗草、饮酒，乐无穷矣，还原了清明节气的风俗，也再现了真宗年间气象承平的和谐景象。

清明前后多雨水，细雨清润，洗去浮尘，天地之间焕然一新。油桐花开灿烂，杏花桃花如霞蔚盛开，纵目而望，犹如画屏锦绣一般绚烂。袁宏道在《满井游记》中言："始知郊田之外未始无春，而城居者未之知也。"城中人皆走出院墙来到郊野，在和煦的春风中吹奏管弦以娱情，清逸的乐声飘荡在山野林间。在一片春花之中，女子的笑颜亦是如此天真烂漫。她们或采花斗草，或穿梭于花枝之间，或举杯欢饮不拘形迹，纵情地享受春日里的欢愉。嬉乐之间，珠翠摇曳，发簪耳坠也不知何时掉落在地。

与清明节相近的还有花朝节，它也是春日里最重要的传统节日之一，如清代诗人蔡云《咏花朝》言：百花生日是良辰，未到花朝一半春。万紫千红披锦绣，尚劳点缀贺花神。"花朝节是为纪念百花之神降临人间而设，一般于百花盛开的时节举办，因南北地理气候的不同，各地花朝节的时间略有差异，多于农历二月初二或二月十五等日举行。在花朝节期间，人们常常结伴去郊外踏青赏花，女子们还将五颜六色的纸剪成花朵的样子挂在枝上，花贩也会用红色的布条来捆绑花枝，俗称"赏红"，正是诗中所说的"尚劳点缀贺花神"。

如寒食一样，花朝节也已从我们的生活中淡出了。有些节日虽然消失了，但是人们寄寓在节日中的情感却一代代地传承了下来。寒食节中介子推对家

[清] 吴昌硕《牡丹水仙图》(牡丹部分)

国的忠诚、对名利的淡泊以及对清高的固守都成为传统美德留在了世间；花朝节透露出的古人对美的追求、对自然的亲近和崇敬，都保留在人们对春天踏青游玩的热情中。

九月九日忆山东兄弟

［唐］王维

独在异乡为异客，每逢佳节倍思亲。

遥知兄弟登高处，遍插茱萸少一人。

王维诗中提到的"九月九日"也是中国一个非常重要的传统节日——重阳节。在《易经》中，九属于阳数，农历九月初九这一天就被称为"重阳"。"山东"指的是蒲州（今山西永济），位于华山之东。王维年少时为读书科考常年旅居在长安、洛阳等地，十七岁这一年，王维来到长安求学，重阳节来临时家家户户都插上了茱萸辟邪，人们呼朋引伴前去登高郊游，只有他一个人是孤零零的，遂想到不知家中的亲人在登高、插茱萸时是否也会挂念远方的自己。此情此景令王维愈发思念故乡，《九月九日忆山东兄弟》一诗即作于当时。

民间每逢重阳节时，常举办登高拜神、祭祖、插茱萸、赏菊以及聚会宴饮等活动。重阳节最初起源于古时候的秋收祭祀，在农耕社会中，粮食的收成关乎人民的生存。当时的生产力尚不发达，种地不仅仅需要农民的精耕细作，还尤其依赖于当年的自然状况。若有洪水、干旱等天灾降临，农民一年的辛苦都很可能化为一空。此外，农业生产很大程度上还依靠经验的总结和传承，比如耕地、锄草、打谷等农活都需要长辈的教授，再比如我们常说"清明前后，种瓜点豆""天上鱼鳞斑，晒谷不用翻"，这些先民们口耳相传的农业谚语教会我们如何依据天象和气候来进行农业生产。因此为了表示对自然的感激和对先辈们的崇敬，人们会在丰收时节举办盛大的庆祝活动，将新收的粮食做成各种美味佳肴供奉祖先和神灵，祭祖的习俗也逐渐固定下来。

重阳节登山又称为辞青，与花朝节中的踏青相对应。重阳节正值秋天，天高气清，适合登高望远。这时候树叶已经褪去了绿色，稻谷等农作物也变成了金黄色，登高所看见的秋景鲜有青绿之色，故称为辞青。登高的习俗还与古人的山岳崇拜有关，早在原始社会时，人民就对高山怀着很强的敬畏之心。在故事传说中，名山大川常常是神仙精怪的居所，在先民眼中，山岳高耸入云，能与天神相通。崇山峻岭上草木葱茏，栖息着各种奇珍异兽，是生命力和神力的象征。因此，在重阳节登高成为古人祈福的一种方式。

插茱萸、赏菊花则是重阳节时另外两种契合自然时令的习俗。重阳节前后，茱萸香气最为旺盛，有杀虫消毒和祛风驱寒的功效，古人认为将茱萸插在头上或者佩戴茱萸香囊能够驱邪治病。秋天万物凋零，但是菊花却在这时竞相绽放，成为秋日里不可多得的亮色。"菊花自择风霜国，不是春光外菊花"（杨万里《咏菊》）、"宁可枝头抱香死，何曾吹落北风中"（郑思肖《寒菊》），菊花凌霜盛开，不与百花春日争艳，被世人誉为"花中四君子"之一，代表着高洁傲岸、恬然自处的品性。正因如此，插茱萸、赏菊花、饮菊花酒

［明］叶澄《雁荡山图》（局部）

也成为了重阳节的重要习俗。

从寒食节、花朝节再到重阳节，我们发现有一些共同的价值观藏在这些传统节日中：敬畏神灵、崇尚自然、爱亲敬老、厚德载物、珍惜粮食，等等。古人留下的诗词不仅让我们看到千百年前人民的生活，还让我们看到农耕社会在文化习俗中留下的重重印记。

人生蜉蝣如寄，文章却能映照千古。从朝代的兴替遗迹和社会变迁，到昔人的幽微情志和哲思理趣，再到旧时的乡俗民风和人情世态，天地自然、人间往事，都凝聚在古词新韵的方寸之间。诗词有着多重样貌，雄壮的、哀婉的、多情的、玄奥的……"非高声朗诵则不能得其雄伟之概，非密咏恬吟则不能探其深远之韵。"(《曾国藩家书》) 在吟诵探寻之间，我们从物象中体悟情感的深挚，置身遥远的时空中看世事的浮沉，我们扫落光阴的尘埃，历史便在后人的眼眸中醒来。